きみの声を聞かせて

猫たちのものがたり
―まぐ・ミクロ・まる―

天野つくね／著
りのぞみ／イラスト

★小学館ジュニア文庫★

きみの声《こえ》を聞《き》かせて

猫《ねこ》たちのものがたり ―まぐ・ミクロ・まる―

もくじ

『本《ほん》当《とう》の家《か》族《ぞく》』

―まぐのこと―

まぐがうちにやってきた

「美花《みか》、待《ま》ってよ！」

弟《おとうと》の純《じゅん》が、息《いき》を切《き》らしながらついてくる。冬休《ふゆやす》みが終《お》わったばかりで、そろそろ寒《さむ》さも本番《ほんばん》。天気《てんき》は良《よ》くて空《そら》は青《あお》く澄《す》んでいるけれど、純《じゅん》も美花《みか》も吐《は》く息《いき》は白《しろ》い。

純《じゅん》は弟《おとうと》のくせに、三年生《さんねんせい》になったころから、姉《あね》の美花《みか》を呼《よ》び捨《す》てにするようになった。「生意《なまい》気《き》！」と最初《さいしょ》は思《おも》ったけれど、一年近《いちねんちか》くたって、今《いま》はもうすっかり慣《な》れてきた。小《ちい》さいころのように「お姉《ねえ》ちゃん」なんて呼《よ》ばれると、かえって歯《は》がゆい。美花《みか》は今度《こんど》の四月《しがつ》から六年生《ろくねんせい》。高学《こうがく》年《ねん》になってからは、周《まわ》りの友達《ともだち》もみんなお互《たが》い名前《なまえ》を呼《よ》び捨《す》てにしている。

「も～、早《はや》く早《はや》く！」

美花《みか》は振《ふ》り返《かえ》って声《こえ》をかけたけれど、走《はし》るスピードは落《お》とさない。普段《ふだん》なら待《ま》ってあげなくもないけれど、今日《きょう》は少《すこ》しでも早《はや》くうちに帰《かえ》りたい。その気持《きも》ちは純《じゅん》も同《おな》じで、背中《せなか》のランドセルをがたがた鳴《な》らしながら、懸命《けんめい》に美花《みか》についてくる。

マンションの自動《じどう》ドアが開《あ》くのも、いつもよりゆっくりしているように感《かん》じられてもどかしい。

うちの番号《ばんごう》を押《お》したところで、純《じゅん》もようやく美花《みか》に追《お》いついた。

ピンポーン、と呼《よ》び鈴《りん》が鳴《な》ると、

「おかえり！」

待《ま》ち構《かま》えていたようにママの声《こえ》。

「ただいま！　早《はや》く開《あ》けて、早《はや》く！」

「はいはい」

インターホンからママの笑《わら》い声《ごえ》が聞《き》こえる。開《ひら》いたエントランスのドアを、勢《いきお》いよく通《とお》り抜《ぬ》ける美花《みか》と純《じゅん》。運《うん》よく、別《べつ》の階《かい》に住《す》む女性《じょせい》がエレベーターから降《お》りてきた。いつも、学校《がっこう》の行《い》き帰《かえ》りに美花《みか》たちに声《こえ》をかけてくれるその女性《じょせい》のことを、美花《みか》たちは「おばさん」と呼《よ》んでいる。

「こんにちは！」

「おばさん、こんにちは！」

「美花《みか》ちゃん、純《じゅん》くん、今日《きょう》は大慌《おおあわ》てね」

「うん、今日《きょう》ね、うちにまぐがくるの！」

「まぐ？　なあに、それ？」

「えっと、まぐはね……っていうか、もう行《い》かないと！　今度《こんど》お話《はな》しするよ」

「おばさん、またね！」

おばさんと話《はな》していると長《なが》くなりそうだったので、美花《みか》はエレベーターのドアの「閉《と》じる」ボタンを押《お》した。

（おばさん、ごめんね！　今度《こんど》、まぐを見《み》せてあげるからね。でも、まずは私《わたし》が見《み》ないとおばさんにも説明《せつめい》できないし）

エレベーターのドアが開《ひら》いた。自宅《じたく》の玄関《げんかん》はエレベーターからすぐだ。美花《みか》たちがエレベーターを降《お》りると、ママが玄関《げんかん》から身《み》を乗《の》り出《だ》すようにして顔《かお》だけ出《だ》している。

「おかえり。早《はや》かったね」

「ただいま！　ママ、まぐは？　まぐはもう来《き》てる？」

「ママ〜、美花《みか》がぜんぜん待《ま》ってくれないんだよ」

「純《じゅん》が遅《おそ》いからいけないんだよ」

「はい、そこまで。まぐ、いるよ。その前《まえ》に、ちゃんと手洗《てあら》い、うがいだよ」

「わかってるってば」

「まぐ、まぐ〜♪」

純《じゅん》は自分《じぶん》で勝手《かって》に歌《うた》を作《つく》って歌《うた》いながら、ランドセルを背負《せお》ったまま先《さき》に洗面所《せんめんじょ》に入《はい》っていく。

弟《おとうと》に先《さき》を越《こ》されたくなくて、美花《みか》も慌《あわ》てて荷物《にもつ》を置《お》いて洗面所《せんめんじょ》に駆《か》け込《こ》む。インフルエンザが流行《はや》っているからと、ママは毎日《まいにち》しつこいくらい「手洗《てあら》い、うがい！」だ。

美花《みか》はタオルで手《て》を拭《ふ》くのももどかしくて、タオルを持《も》ったまま小走《こばし》りにリビングへ向《む》かう。

昨日《きのう》まではなかった大《おお》きなケージが、リビングの片隅《かたすみ》に置《お》かれている。美花《みか》と純《じゅん》の身長《しんちょう》を足《た》したくらいの高《たか》さの大《おお》きなケージだ。檻《おり》になっていて外《そと》から中《なか》の様子《ようす》がわかる。中《なか》は階段《かいだん》の踊《おど》り場《ば》のような段《だん》が三《さん》か所《しょ》に取《と》りつけられていて、四階建《よんかいだ》てのような造《つく》りになっている。それぞれの階《かい》についている扉《とびら》はすべて開《あ》けられていて、美花《みか》もちょっと身《み》をかがめれば、一階部分《いっかいぶぶん》から入《はい》れるんじゃないかな、というくらいの広《ひろ》さだ。その一階部分《いっかいぶぶん》にはクッションが敷《し》き詰《つ》められている。二階部分《にかいぶぶん》には、ふわふわの布《ぬの》でできた茶色《ちゃいろ》い小屋《こや》。三階《さんがい》にも、クッションが置《お》かれていて、四階《よんかい》にはハンモックがかけられている。でも、肝心《かんじん》のまぐの姿《すがた》が見《み》えない。

「ママ〜、まぐはいないの？」

美花《みか》は心配《しんぱい》になって、ママの顔《かお》を見上《みあ》げた。すると、ママが応《こた》えるより先《さき》に純《じゅん》が声《こえ》をあげた。

「あ、いる、なんかいるよ！　そこ！」

純《じゅん》は、ケージの二階部分《にかいぶぶん》に置《お》かれた布製《ぬのせい》の小屋《こや》の中《なか》を指《ゆび》さしている。美花《みか》も慌《あわ》てて小屋《こや》の中《なか》を覗《のぞ》く。

「あ、ほんとだ！」

小屋《こや》の中《なか》は陰《かげ》で暗《くら》くなっていて見《み》えづらいけれど、確《たし》かに茶色《ちゃいろ》い布《ぬの》の色《いろ》とは違《ちが》う、グレーのような黒《くろ》のような模様《もよう》のふわふわした丸《まる》いものが見《み》える。

（まぐだ！）

小屋《こや》の入《い》り口《ぐち》に背《せ》を向《む》けて、真《ま》ん丸《まる》にうずくまっている猫《ねこ》だ。身《み》じろぎしないでじっとしているので、真《ま》ん丸《まる》な毛《け》の塊《かたまり》にしか見《み》えない。背伸《せの》びしてもっとよく覗《のぞ》き込《こ》もうとする純《じゅん》の頭《あたま》をなでながら、ママが小声《こごえ》でいう。

「まぐはまだ慣《な》れなくてびくびくしてるから、大《おお》きな声《こえ》出《だ》しちゃだめだよ」

「あ、そっか！」

「し〜っ！」

純《じゅん》がうっかり大《おお》きな声《こえ》を出《だ》したので、美花《みか》が人差《ひとさ》し指《ゆび》を口《くち》にあてて注意《ちゅうい》する。

（やった！　まぐがうちにいる！）

美花《みか》は一週間前《いっしゅうかんまえ》から、この日《ひ》がくるのを毎日《まいにち》、心待《こころま》ちにしていた。昨日《きのう》の夜《よる》は「明日《あした》、うちにまぐが来《く》る！」と思《おも》うと、わくわくしてよく眠《ねむ》れなかった。今朝《けさ》も「今日《きょう》、うちにまぐが来《く》る！」と思《おも》うと、学校《がっこう》に行《い》くのもいやになってしまうくらいだったし、授業中《じゅぎょうちゅう》も、友達《ともだち》と話《はな》している時《とき》も、「まぐ、もう来《き》たかな〜？」とそればかり考《かんが》えていて落《お》ち着《つ》かなかった。

自分《じぶん》の目《め》で見《み》るまでは、本当《ほんとう》に自分《じぶん》のうちに「まぐ」が来《く》るのか心配《しんぱい》だった。だから、本当《ほんとう》は友達《ともだち》にも「まぐ」が来《く》ることをいいたかったけれど、自分《じぶん》の目《め》で見《み》て確認《かくにん》するまでは、内緒《ないしょ》にしていることにした。

でも、今《いま》、目《め》の前《まえ》にあるこの丸《まる》い毛《け》の塊《かたまり》は、美花《みか》が待《ま》ちに待《ま》っていたまぐだ。まだ顔《かお》は見《み》せてくれないけれど、確《たし》かにまぐなのだ。

「今日《きょう》からまぐも入《い》れて、四人《よにん》と一匹家族《いっぴきかぞく》だね」

ママがまた小声《こごえ》で美花《みか》と純《じゅん》に向《む》かっていう。

猫《ねこ》を飼《か》いたい

美花《みか》たちのうちで猫《ねこ》を飼《か》うことが決《き》まったのは、ちょうど二週間前《にしゅうかんまえ》。パパとママ、美花《みか》と純《じゅん》の四人《よにん》で家族会議《かぞくかいぎ》を開《ひら》いて決定《けってい》した。

きっかけは、ママがインターネットを見《み》ていて「里親募集中《さとおやぼしゅうちゅう》」の一匹《いっぴき》の猫《ねこ》を見《み》つけたこと。

ママは子供《こども》のころ、猫《ねこ》を飼《か》っていた。ママの実家《じっか》は周《まわ》りに畑《はたけ》や田《た》んぼがある地方《ちほう》の町《まち》にあり、家《いえ》にも広《ひろ》い庭《にわ》があって、鶏《にわとり》が放《はな》し飼《が》いにされていた。犬《いぬ》もいたし、猫《ねこ》も庭《にわ》に出《で》て遊《あそ》んでいた。

動物《どうぶつ》たちに囲《かこ》まれて育《そだ》ったママだけれど、とくに猫《ねこ》は大好《だいす》き。日向《ひなた》ぼっこをして丸《まる》くなっていたり、甘《あま》えて足《あし》にすりすりと顔《かお》をこすりつけてきたり、蝶々《ちょうちょう》を追《お》いかけ回《まわ》したり、風《かぜ》で飛《と》んできた枯葉《かれは》にびっくりしたり……自由気《じゆうき》ままで、賢《かしこ》くて、でもちょっとドジなところがあって、何《なに》よりかわいい猫《ねこ》が、ママは子供《こども》のころから大好《だいす》きだった。

ママは大人《おとな》になってパパと結婚《けっこん》して、美花《みか》たちが生《う》まれた。仕事《しごと》しながら育児《いくじ》をこなしていたため、毎日忙《まいにちいそが》しくて、猫《ねこ》を飼《か》えるような時間《じかん》も心《こころ》の余裕《よゆう》もなかった。美花《みか》が五年生《ごねんせい》、純《じゅん》が三年生《さんねんせい》になって、ふたりとも自分《じぶん》で自分《じぶん》のことがだいぶ（全部《ぜんぶ》ではないけれど）できるようになったころ、それまで勤《つと》めていた会社《かいしゃ》をやめて、ママもようやく自分《じぶん》の時間《じかん》が持《も》てるようになった。

それに最近《さいきん》、家族《かぞく》で『猫侍《ねこざむらい》』というドラマに夢中《むちゅう》になっている。いつも猫《ねこ》を抱《だ》いている江戸時代《えどじだい》のサムライのお話《はなし》で、登場《とうじょう》する白猫《しろねこ》がかわいくて、家族中《かぞくじゅう》で大《だい》ファンなのだ。

「また猫《ねこ》を飼《か》いたいな。猫《ねこ》と一緒《いっしょ》に暮《く》らしたいな」

そうママがいうと、パパも賛成《さんせい》してくれた。

「猫《ねこ》がいる生活《せいかつ》、想像《そうぞう》するだけで楽《たの》しそうだね。子供《こども》たちもきっと喜《よろこ》ぶよ」

パパは猫《ねこ》を飼《か》ったことはないけれど、会社《かいしゃ》の行《い》き帰《かえ》りに、近所《きんじょ》にいつもいる猫《ねこ》に話《はな》しかけたり、なでたりしている。茶《ちゃ》とら（茶色《ちゃいろ》い縞々模様《しましまもよう》）の雄猫《おすねこ》で、青色《あおいろ》の首輪《くびわ》をしているご近所《きんじょ》さんの猫《ねこ》だ。人《ひと》なつこくて、パパが頭《あたま》をなでると体《からだ》を地面《じめん》に転《ころ》がして、「ここもなでて～」といっているみたいに、おなかを見《み》せてくる。

美花《みか》や純《じゅん》もこの猫《ねこ》とは仲良《なかよ》しで、「茶色《ちゃいろ》さん」と呼《よ》んでいる。茶色《ちゃいろ》さんはたいていいつもある一軒家《いっけんや》のコンクリートの塀《へい》の上《うえ》に丸《まる》まっていて、誰《だれ》かかまってくれる人《ひと》が通《とお》りかかるのを待《ま》っている。仲《なか》のいい人間《にんげん》が来《く》ると、塀《へい》の上《うえ》でぐんと伸《の》びをしてからゆっくりと下《した》に下《お》りてきて、挨拶《あいさつ》をしてくれる。

そんな茶色《ちゃいろ》さんは、近所《きんじょ》の子供《こども》たちの間《あいだ》でも人気者《にんきもの》。茶色《ちゃいろ》さんは子供《こども》たちのことをよく観察《かんさつ》していて、無理《むり》やり触《さわ》ろうとする子《こ》がやってくると、ぷいっと塀《へい》の向《む》こう側《がわ》に姿《すがた》を消《け》してしまう。

美花《みか》のことは気《き》に入《い》ってくれているみたいで、美花《みか》を見《み》かけるとまんざらでもない顔《かお》をして、塀《へい》からするするっと下《お》りてきてくれる。茶色《ちゃいろ》さんに認《みと》められているようで、美花《みか》はちょっとうれしい。茶色《ちゃいろ》さんは純《じゅん》が美花《みか》と一緒《いっしょ》にいるときには純《じゅん》にも触《さわ》らせてくれるけれど、純《じゅん》が他《ほか》の友達《ともだち》と一緒《いっしょ》にいるときは逃《に》げてしまうこともある。

「あとちょっとで、仲良《なかよ》しなんだけどなぁ」

「猫《ねこ》は子供《こども》が嫌《きら》いなんだよ」

美花《みか》が純《じゅん》をからかっていう。

「美花《みか》だって子供《こども》じゃん」

「純《じゅん》よりは大人《おとな》だもん」

家《いえ》に帰《かえ》ると、ママに「今日《きょう》は茶色《ちゃいろ》さんと遊《あそ》んだよ」「今日《きょう》は犬《いぬ》の散歩《さんぽ》の人《ひと》が来《き》たから、茶色《ちゃいろ》さんが途中《とちゅう》で逃《に》げちゃったよ」と「今日《きょう》の茶色《ちゃいろ》さん」を報告《ほうこく》するのが美花《みか》の日課《にっか》になっている。

猫《ねこ》と暮《く》らした経験《けいけん》があるのはママだけだけど、美花《みか》たち家族《かぞく》はみんな猫《ねこ》が大好《だいす》きなのだ。今《いま》までは外《そと》で茶色《ちゃいろ》さんと遊《あそ》んでもらっていたけれど、うちに猫《ねこ》がいたらどんなに楽《たの》しいだろう。「うちで猫《ねこ》を飼《か》いたい」というママの提案《ていあん》には、美花《みか》や純《じゅん》はもちろん、パパも大賛成《だいさんせい》だ。

さっそく、インターネットで猫《ねこ》の情報《じょうほう》を探《さが》し始《はじ》めたママ。ペットショップやブリーダーなどのホームページを見《み》ていると、いろんな模様《もよう》の猫《ねこ》たちがいる。たいていはまだ小《ちい》さな子猫《こねこ》。おとなの猫《ねこ》でもかわいいのに、あどけない子猫《こねこ》のかわいさといったら！　どの猫《ねこ》もみんなふわふわでかわいくて、なかなか決《き》められない。

（みんな茶色《ちゃいろ》さんと仲良《なかよ》しだから、やっぱり茶《ちゃ》とらがいいのかなぁ）

と思《おも》ってみたり、

（子供《こども》のころにいたミャーちゃんは三毛猫《みけねこ》だったから、やっぱり三毛猫《みけねこ》がいいなぁ）

なんて思《おも》ってみたり。かわいい猫《ねこ》たちの写真《しゃしん》を見《み》れば見《み》るほど、迷《まよ》ってしまうママだった。

里親募集中《さとおやぼしゅうちゅう》のオシキャット

そんなある日《ひ》のこと。美花《みか》たちが学校《がっこう》に行《い》っている間《あいだ》に、ツイッター（SNS《エスエヌエス》／ソーシャルネットワーキングサービスといって、インターネット上《じょう》で他《ほか》の人《ひと》たちと交流《こうりゅう》できるサービスのひとつ）を見《み》ていたママの目《め》に、一匹《いっぴき》の猫《ねこ》の画像《がぞう》が飛《と》び込《こ》んできた。

（キレイな猫《ねこ》………）

画像《がぞう》で見《み》る限《かぎ》り、おとなの猫《ねこ》のようだ。透《す》き通《とお》るような淡《あわ》い緑《みどり》の瞳《ひとみ》が印象的《いんしょうてき》だけど、ちょっと悲《かな》しげな顔《かお》をしているようにも見《み》えて、なんだか気《き》になるママ。画像《がぞう》に添《そ》えられた文章《ぶんしょう》を改《あらた》めて読《よ》んでみることにした。

〈里親募集《さとおやぼしゅう》。四歳《よんさい》のオシキャットの男《おとこ》の子《こ》です。去勢《きょせい》、ワクチン済《ず》み。病気《びょうき》もありません。ずっと大事《だいじ》にしてくれる家族《かぞく》を探《さが》しています〉

読《よ》み終《お》えてママは思《おも》った。

（今《いま》までペットショップやブリーダーのサイトばかり見《み》てたけど、里親《さとおや》かぁ……）

犬《いぬ》や猫《ねこ》などの動物《どうぶつ》は、ペットショップで買《か》うものだとママは思《おも》っていた。里親《さとおや》というのは、育《そだ》ててくれたり面倒《めんどう》を見《み》てくれる人《ひと》がいなくなってしまった動物《どうぶつ》を引《ひ》き取《と》って、新《あたら》しい家族《かぞく》として一緒《いっしょ》に暮《く》らしてくれる人《ひと》のこと。ボランティアの人《ひと》たちや、市町村《しちょうそん》の施設《しせつ》がそうした動物《どうぶつ》を一時的《いちじてき》に保護《ほご》して、新《あたら》しい家族《かぞく》が見《み》つかるまで世話《せわ》をしてくれるのだそう。

（そういえば、子供《こども》のころ学校帰《がっこうがえ》りに子猫《こねこ》を拾《ひろ》ってうちに連《つ》れ帰《かえ》ったけど、お母《かあ》さんがもううちにはいっぱい動物《どうぶつ》がいて飼《か》えないからって、他《ほか》に飼《か》ってくれる人《ひと》を探《さが》したっけ。もらってくれる人《ひと》が見《み》つかるまで、あの子猫《こねこ》ちゃん、しばらくうちにいたんだよね。白黒模様《しろくろもよう》が牛柄《うしがら》みたいで、かわいかったなぁ）

ママのお母《かあ》さん（美花《みか》のおばあちゃん）はとくにボランティア活動《かつどう》をしていたわけではないけれど、ママもあの時《とき》、同級生《どうきゅうせい》たちに子猫《こねこ》を飼《か》えないか聞《き》いたことがあった。だから、猫《ねこ》の里親募《さとおやぼ》集《しゅう》がどんなものなのか、なんとなく想像《そうぞう》はつく。

（でも、オシキャットって？　そういう品種《ひんしゅ》なのかな？　ベンガルとは違《ちが》うし、鯖《さば》とらとか、アメリカンショートヘアみたいにも見《み》えるけど……）

ママが子供《こども》のころに拾《ひろ》った白黒模様《しろくろもよう》の子猫《こねこ》は、柄《がら》でいうと「ブチ」ということになるけど、品《ひん》種《しゅ》でいうとくにブランド名《めい》があるわけではないミックス（雑種《ざっしゅ》）だった。当時《とうじ》、ママたちが飼《か》っていた三毛猫《みけねこ》のミャーも、茶色《ちゃいろ》、黒《くろ》、白《しろ》の三色《さんしょく》の模様《もよう》があるから三毛《みけ》と呼《よ》ばれる猫《ねこ》。ペットショップで買《か》ってきたわけではなくて、ミャーのお母《かあ》さんは近所《きんじょ》の野良猫《のらねこ》で、ミャーも品種《ひんしゅ》はミックスだった。美花《みか》たちが仲良《なかよ》くしている茶色《ちゃいろ》さんも柄《がら》は茶《ちゃ》とらだけど、やはりミックスだ。

ママが今回見《こんかいみ》つけた里親募集《さとおやぼしゅう》をしているオシキャットと呼《よ》ばれる猫《ねこ》は、全体《ぜんたい》が薄《うす》いグレーで、体中《からだじゅう》に点々《てんてん》と連続《れんぞく》した黒《くろ》い模様《もよう》がある。パッと見《み》はよくいる縞模様《しまもよう》の猫《ねこ》のようだけど、縞模様《しまもよう》ではなくて点々《てんてん》模様《もよう》。でも、ヒョウ柄《がら》やキリン柄《がら》とも違《ちが》う。猫好《ねこず》きのママでも、今《いま》まであまり見《み》たことがない品種《ひんしゅ》のようだ。

インターネットで調《しら》べてみると、オシキャットはアメリカンショートヘア、アビシニアン、シャムという三種類《さんしゅるい》の猫《ねこ》の品種《ひんしゅ》をかけ合《あ》わせた新《あたら》しい品種《ひんしゅ》の猫《ねこ》らしい。模様《もよう》は、アメリカンショートヘアのような渦巻《うずま》き模様《もよう》の筋《すじ》が分断《ぶんだん》されて点々《てんてん》になっている。点々《てんてん》をつなぎ合《あ》わせると渦巻《うずま》き模様《もよう》になるらしい。顔《かお》がちょっと大《おお》きめで、しっぽがとても長《なが》いのだそう。

(性格《せいかく》は優《やさ》しくて人《ひと》なつこくて、従順《じゅうじゅん》な犬《いぬ》みたいなところもあって、頭《あたま》もすごくいいんだ……)

びっくりしたのは、そのオシキャットという種類《しゅるい》の猫《ねこ》がペットショップなどでは、確《たし》かな血筋《ちすじ》であることを表《あらわ》す血統書《けっとうしょ》つきで、十万円《じゅうまんえん》~三十万円《さんじゅうまんえん》くらいで売《う》られているということ。

(うわぁ、すごいブランド猫《ねこ》なんだ！　でも、そういう高級《こうきゅう》な猫《ねこ》がどうして販売《はんばい》じゃなくて、里親募集《さとおやぼしゅう》に出《だ》されてるんだろう？)

ママは不思議《ふしぎ》に思《おも》った。それに、このキレイな猫《ねこ》が寂《さび》しそうな顔《かお》をしているのが気《き》になって仕方《しかた》がない。

(里親募集《さとおやぼしゅう》をしている人《ひと》に、もっと詳《くわ》しい話《はなし》を聞《き》いてみようかな)

ママは早速《さっそく》、里親募集《さとおやぼしゅう》をしている人《ひと》に、「興味《きょうみ》があります」とツイッターの中《なか》で声《こえ》をかけてみた。するとすぐに返信《へんしん》がきた。

〈はじめまして。猫《ねこ》の保護《ほご》や里親探《さとおやさが》しのボランティアをしている者《もの》です。今回《こんかい》の里親募集《さとおやぼしゅう》の猫《ねこ》ちゃんは、血統書《けっとうしょ》つきで購入《こうにゅう》した人《ひと》が飽《あ》きたらしく、その人《ひと》のいとこが今《いま》、預《あず》かっています。いとこの方《かた》は既《すで》に猫《ねこ》を二匹《にひき》飼《か》っているため、できれば里親《さとおや》さんを探《さが》したいと思《おも》っているそうです。おとなしく、他《ほか》の猫《ねこ》にケンカをしかけられても無視《むし》しているそうです。オシキャットは本来《ほんらい》とても甘《あま》えん坊《ぼう》で犬《いぬ》のように人間《にんげん》に寄《よ》り添《そ》っているのが好《す》きな猫《ねこ》ですが、この子《こ》は三年間《さんねんかん》、あまり愛《あい》されていなかったようです。

もしご検討《けんとう》いただけるようでしたら、ご迷惑《めいわく》かとは思《おも》いますが、一度《いちど》お宅《たく》にお邪魔《じゃま》させていただき、お話《はなし》をお伺《うかが》いしつつ、猫《ねこ》ちゃんを受《う》け入《い》れる環境《かんきょう》にあるか確認《かくにん》させていただきたく思《おも》っております〉

メッセージを読《よ》んで、ママはまたびっくりした。そして少《すこ》し切《せつ》なくなった。

（高《たか》いお金《かね》を出《だ》してわざわざ買《か》ったのに、飽《あ》きちゃったって……かわいそうすぎるよ……）

そう思《おも》いながら、すぐに返事《へんじ》をした。

〈くわしく教《おし》えていただき、ありがとうございます！　家族《かぞく》と相談《そうだん》してまたご連絡《れんらく》させていただきます〉

その日《ひ》の夜《よる》、夕《ゆう》ごはんの後片付《あとかたづ》けを終《お》えたママは、コタツに入《はい》ってテレビを見《み》ているパパと美《み》花《か》、純《じゅん》に里親募集《さとおやぼしゅう》のオシキャットのことを話《はな》した。

「今日《きょう》ね、インターネットでこんな猫《ねこ》ちゃんを見《み》つけたの。里親《さとおや》を募集《ぼしゅう》してるんだって」

「里親《さとおや》を募集《ぼしゅう》って？」

美花《みか》が聞《き》く。

「家族《かぞく》になってくれる人《ひと》を探《さが》しています、ってこと」

「この猫《ねこ》ちゃん、家族《かぞく》がいないの？」

「うん。最初《さいしょ》はいたけど、もう飼《か》いたくないっていわれて、今《いま》は家族《かぞく》を探《さが》しているんだって。預《あず》かってくれている人《ひと》には大事《だいじ》にしてもらっているんだけど、そこにも長《なが》くはいられないみたい」

「え〜、なんかかわいそう……」

家族《かぞく》を探《さが》している猫《ねこ》がいるなんて、美花《みか》は想像《そうぞう》したこともなかった。ママが見《み》せてくれた写真《しゃしん》の猫《ねこ》は、涼《すず》しげな瞳《ひとみ》のキレイな猫《ねこ》。こんなにキレイでかわいいのに飼《か》いたくないなんて、信《しん》じられない。

「うん。見捨《みす》てられちゃったみたいなの。ママね、この猫《ねこ》ちゃんのことがすごく気《き》になるんだ」

「僕《ぼく》がこの猫《ねこ》ちゃんと家族《かぞく》になってあげる！」

「私《わたし》も！　この子《こ》すごくかわいいよ」

純《じゅん》も美花《みか》も、写真《しゃしん》だけですっかり気《き》に入《い》ってしまった。

「パパも気《き》になるけど、そのボランティアの人《ひと》がうちを見《み》にきて、うちじゃ無理《むり》っていうかもしれないよ？」

すっかり猫《ねこ》を飼《か》う気《き》でいる子供《こども》たちに、パパがいう。

こっちがその気《き》になっていても、ボランティアの人《ひと》や、その猫《ねこ》ちゃん自身《じしん》がうちを選《えら》んでくれるかどうかまだわからない。

「とりあえずさ、そのボランティアの人《ひと》にうちに来《き》てもらって、話《はなし》を聞《き》いてみようか。それで、ボランティアの人《ひと》にうちが猫《ねこ》を飼《か》える環境《かんきょう》なのか、見《み》てもらおうよ」

パパが提案《ていあん》する。

「そうね。じゃあ、すぐに連絡《れんらく》してみるね」

そういって、ママはコタツから這《は》い出《だ》して、すぐ後《うし》ろの低《ひく》いテーブルに置《お》いてあるパソコンに向《む》かう。パパはパソコン関係《かんけい》の仕事《しごと》をしていて、ママも時々《ときどき》、パパのお手伝《てつだ》いをすることがある。ふだんは座椅子《ざいす》に座《すわ》ってパソコンを使《つか》っている。

ママはツイッターを開《ひら》いて、ボランティアの人《ひと》にメッセージを送《おく》る。

〈猫《ねこ》ちゃんの里親募集《さとおやぼしゅう》の件《けん》ですが、うちに下見《したみ》に来《き》ていただけますか〉

すると、すぐに返信《へんしん》がきた。

〈ありがとうございます。一番早《いちばんはや》くて、明後日《あさって》の水曜日《すいようび》の夕方《ゆうがた》に伺《うかが》えますがいかがですか〉

水曜日《すいようび》はとくに学校《がっこう》の行事《ぎょうじ》もないし、ママは一日《いちにち》、家《いえ》にいる日《ひ》だ。

〈大丈夫《だいじょうぶ》です。よろしくお願《ねが》いします〉


ママはボランティアの人《ひと》に住所《じゅうしょ》や電話番号《でんわばんごう》を伝《つた》える。

「水曜日《すいようび》にうちに来《き》てもらうことになったよ」

「水曜日《すいようび》はパパ、ちょっと帰《かえ》りが遅《おそ》くなるかもしれないから立《た》ち会《あ》えないけど、いいかな？」

「パパがいなくても、僕《ぼく》がいるから大丈夫《だいじょうぶ》！」

はい！　という風《ふう》に、手《て》をあげていう純《じゅん》。

「お、そうか。じゃあ任《まか》せたよ、純《じゅん》！」

「純《じゅん》じゃ頼《たよ》りないけどね」

ペロッと舌《した》を出《だ》して、美花《みか》がいう。

「そうと決《き》まったら、このうちなら大丈夫《だいじょうぶ》ってボランティアの人《ひと》に思《おも》ってもらえるようにしないとね！　ふたりとも、明日《あした》は学校《がっこう》から戻《もど》ったら部屋《へや》のお掃除《そうじ》、しっかりしなさいよ！」

「はーい！」

「がんばる！」

美花《みか》と純《じゅん》はすっかりやる気満々《きまんまん》だ。

猫《ねこ》を迎《むか》えるために

翌日《よくじつ》。学校《がっこう》から戻《もど》った美花《みか》と純《じゅん》は、さっそく、自分《じぶん》たちの部屋《へや》の片付《かたづ》けに取《と》りかかる。

美花《みか》たちの部屋《へや》は畳《たたみ》の和室《わしつ》だけど、絨毯《じゅうたん》を敷《し》いて洋風《ようふう》にしてある。奥《おく》の壁《かべ》に子供用《こどもよう》の勉強机《べんきょうづくえ》が二台《にだい》、並《なら》べて置《お》かれている。本当《ほんとう》はリビングとの間《あいだ》は襖《ふすま》で仕切《しき》られているけど、襖《ふすま》は外《はず》してあって、子供部屋《こどもべや》とリビングはつながっている。

「猫《ねこ》がうちの中《なか》を自由《じゆう》に動《うご》き回《まわ》れるようにしないとね」

ママがそういって、リビングにある本棚《ほんだな》や、飾《かざ》り物《もの》や雑貨《ざっか》が並《なら》べられている棚《たな》の上《うえ》を整理《せいり》している。猫《ねこ》が棚《たな》の上《うえ》を歩《ある》いて、物《もの》を落《お》とさないようにするためだ。それまで飾《かざ》ってあったものは、扉《とびら》のついている棚《たな》の中《なか》にしまうことにした。

美花《みか》たちも勉強机《べんきょうづくえ》の上《うえ》に取《と》り付《つ》けられた本棚《ほんだな》の上《うえ》に布《ぬの》を敷《し》いて、本《ほん》の上《うえ》を猫《ねこ》が歩《ある》いてもいいように工夫《くふう》してみた。本《ほん》の高《たか》さが違《ちが》うのでちょっとでこぼこしているけれど、本《ほん》と本《ほん》の間《あいだ》に足《あし》がはまってしまうなんてことのないようにしてあげようと思《おも》ったのだ。

「猫《ねこ》のトイレを置《お》く場所《ばしょ》も決《き》めないとね」

大事《だいじ》なことを思《おも》い出《だ》したというように、ママがいう。

「猫《ねこ》のトイレって、ふつうのトイレとは違《ちが》うの？」

純《じゅん》が不思議《ふしぎ》そうに訊《たず》ねる。

「違《ちが》うよ。猫《ねこ》は人間《にんげん》のトイレは使《つか》わないの。猫《ねこ》の遠《とお》い昔《むかし》のご先祖様《せんぞさま》は砂漠《さばく》で生《う》まれたから、猫《ねこ》は砂《すな》の上《うえ》でおしっこやうんちをする習慣《しゅうかん》があるんだって。だから、猫専用《ねこせんよう》の砂《すな》の入《はい》ったトイレを用《よう》意《い》しないといけないんだよ」

ママが、猫《ねこ》の豆知識《まめちしき》を披露《ひろう》する。

「へえ。じゃあ、猫《ねこ》って暑《あつ》いところ出身《しゅっしん》なんだ？」

「そうだよ。だから、寒《さむ》いところは苦手《にがて》なの」

「うちにはコタツがあるから大丈夫《だいじょうぶ》だね！」

「そうそう。猫《ねこ》はコタツで丸《まる》くなる、って歌《うた》にもあるよね」

美花《みか》は、あの写真《しゃしん》の猫《ねこ》と一緒《いっしょ》にコタツに入《はい》っているところを想像《そうぞう》してみる。

(猫《ねこ》がコタツの中《なか》で寝《ね》てたら、足《あし》で蹴《け》らないように気《き》をつけなきゃ)

そんなことを考《かんが》えていると、なんだかもう猫《ねこ》と一緒《いっしょ》に暮《く》らしているような気分《きぶん》になってくる。まだ、本当《ほんとう》に美花《みか》たちの猫《ねこ》になるのかもわからないのに。

「ママ、猫《ねこ》ちゃん、うちの子《こ》になってくれるかなぁ?」

いつもは掃除《そうじ》よりもゲーム! の純《じゅん》も、がんばって片付《かたづ》けようという気《き》になっている。それでも、本当《ほんとう》に猫《ねこ》がきてくれるのか、不安《ふあん》になってきたようだ。散《ち》らかっている机《つくえ》の上《うえ》を片付《かたづ》けていた手《て》をとめて、純《じゅん》が聞《き》く。

「まだわからないよね。でも、明日《あした》ボランティアさんが来《き》たとき、このうちなら大丈夫《だいじょうぶ》! って思《おも》ってくれるように準備《じゅんび》しておこうね。もし来《こ》なくても、部屋《へや》がきれいになっていいでしょ」

「がんばるから、猫《ねこ》が来《き》ますように!」

純《じゅん》もまだ会《あ》ったことのない猫《ねこ》をすっかり好《す》きになってしまったようだ。美花《みか》も純《じゅん》も、ママもパパも、すっかりあの写真《しゃしん》のオシキャットと家族《かぞく》になりたいと思《おも》っている。

「あ、来《き》たよ！」

インターホンが鳴《な》るのを待《ま》ち構《かま》えていた純《じゅん》だけど、インターホンに応《こた》えるかわりに、キッチンにいるママを呼《よ》びに行《い》った。

「インターホン、ママにも聞《き》こえてるよ」

ママが笑《わら》いながら返事《へんじ》をして、キッチンから出《で》てきてそのままインターホンのモニターのところへ行《い》く。画面《がめん》には、ママより少《すこ》し年上《としうえ》っぽい女性《じょせい》が映《うつ》っている。オシキャットの里親募集《さとおやぼしゅう》をしていて、ママとツイッターで連絡《れんらく》を取《と》り合《あ》った人《ひと》だ。

「はーい。どうぞ」

ママはそういってマンションの入《い》り口《ぐち》のドアのロックを開《あ》け、その女性《じょせい》に中《なか》に入《はい》ってもらった。

「さあ、これから面接《めんせつ》だよ。ふたりともいい子《こ》にしていないと、猫《ねこ》ちゃんにうちに来《き》てもらえないからね」

ママはわざとちょっと真面目《まじめ》な顔《かお》をしてみせたあと、すぐにうれしそうな顔《かお》になって玄関《げんかん》の方《ほう》へ行《い》く。ちょうどそのタイミングで、今度《こんど》は玄関《げんかん》のインターホンがなる。ボランティアの人《ひと》がうちに着《つ》いた合図《あいず》だ。美花《みか》と純《じゅん》も玄関《げんかん》に続《つづ》く廊下《ろうか》に出《で》て、そっとママの後《うし》ろから覗《のぞ》く。

「こんにちは。お忙《いそが》しいところすみません。平野《ひらの》と申《もう》します。お邪魔《じゃま》します」

「どうぞどうぞ、おあがりください！」

ママが、平野《ひらの》さんをリビングに案内《あんない》する。

「お広《ひろ》いですね！　それにキレイにされているし」

美花《みか》はちょっとうれしくなった。広《ひろ》い方《ほう》が猫《ねこ》を飼《か》いやすいと思《おも》ってくれたに違《ちが》いない。

「昨日《きのう》みんなで掃除《そうじ》をしたんですよ。猫《ねこ》が住《す》みやすい環境《かんきょう》を整《ととの》えようと思《おも》って」

ママもちょっとほっとしたような表情《ひょうじょう》で答《こた》える。

「いろいろ考《かんが》えてくださって、ありがとうございます」

平野《ひらの》さんがいうと、ママは平野《ひらの》さんにコタツをすすめる。

「コタツですみませんが、どうぞお座《すわ》りください」

そういって、ママはキッチンに行《い》ってお茶《ちゃ》とお菓子《かし》を用意《ようい》する。ママを手伝《てつだ》って、美花《みか》はお菓《か》子《し》の入《はい》ったお皿《さら》をコタツまで運《はこ》び、そのままママと一緒《いっしょ》にコタツに入《はい》った。純《じゅん》もコタツに入《はい》って、美花《みか》の横《よこ》にちょこんと座《すわ》った。

「ふたりともいい子《こ》ですね。お名前《なまえ》は？　何年生《なんねんせい》？」

平野《ひらの》さんが美花《みか》と純《じゅん》の方《ほう》に顔《かお》を向《む》けて訊《たず》ねる。

「美花《みか》です。今《いま》は五年生《ごねんせい》だけど、四月《しがつ》から六年生《ろくねんせい》です」

「僕《ぼく》は純《じゅん》。三年生《さんねんせい》」

「そう。宿題《しゅくだい》とかたくさんあるの？」

「う〜ん、今日《きょう》はそんなでもない」

純《じゅん》がいうと、ママがすかさず、

「本当《ほんとう》？　あとでちゃんとやりなさいよ」

と、釘《くぎ》をさす。純《じゅん》はニヤニヤしている。美花《みか》も宿題《しゅくだい》はあるけど、今《いま》は猫《ねこ》のことの方《ほう》が気《き》になる。

そんなふたりの気持《きも》ちが伝《つた》わったのか、平野《ひらの》さんはちょっと笑《わら》ってみせてから本題《ほんだい》を切《き》り出《だ》した。

「ツイッターではどうもありがとうございます。昔《むかし》、猫《ねこ》ちゃんを飼《か》われたことがあるそうですね」

ママが答《こた》える。

「はい。私《わたし》の実家《じっか》でずっと猫《ねこ》を飼《か》っていました。でも、昔《むかし》のことなので外《そと》にも自由《じゆう》に出入《でい》りさせていました。主人《しゅじん》とこの子《こ》たちは猫《ねこ》を飼《か》ったことはないですけど、みんな猫《ねこ》が大好《だいす》きでいつも近《きん》所《じょ》の猫《ねこ》と遊《あそ》んでいるんです」

ママの説明《せつめい》を聞《き》いて平野《ひらの》さんがいう。

「ご家族全員《かぞくぜんいん》が猫《ねこ》を飼《か》いたいと思《おも》ってくれているんですね。安心《あんしん》しました。こちらはマンションだし、猫《ねこ》を外《そと》に出《だ》すということもないと思《おも》いますが、基本的《きほんてき》に室内《しつない》で飼《か》って頂《いただ》きたいんですね」

「はい。そのつもりです。外《そと》は車《くるま》も多《おお》いし、変《へん》な人《ひと》に連《つ》れていかれても困《こま》るし……」

「そうですよね。今回《こんかい》、里親募集《さとおやぼしゅう》をしている子《こ》はライくんという名前《なまえ》の男《おとこ》の子《こ》なんですが、もう去勢《きょせい》はしてあるので、外《そと》でよその女《おんな》の子《こ》の猫《ねこ》ちゃんとデートして子供《こども》を作《つく》ってしまうということはありません。でも、他《ほか》の猫《ねこ》とケンカをして病気《びょうき》になったり、交通事故《こうつうじこ》にあっても困《こま》りますしね。私《わたし》たちが子供《こども》のころと違《ちが》って、今《いま》は外《そと》の世界《せかい》は猫《ねこ》にとって危険《きけん》がいっぱいですから」

「ベランダにネットを張《は》って、脱走《だっそう》したり落《お》ちたりするのを防《ふせ》ごうと思《おも》っています」

美花《みか》が思《おも》っていたより、ママは猫《ねこ》を飼《か》うためにいろんなことを考《かんが》えていたようだ。

「あの、お金《かね》はどれくらい……？」

ママが少《すこ》し聞《き》きづらそうに訊《たず》ねる。

「今《いま》、預《あず》かってくれている方《かた》が、ワクチンとか血液検査《けつえきけんさ》とか去勢手術《きょせいしゅじゅつ》とか全部《ぜんぶ》してくださっていて、ご自分《じぶん》で負担《ふたん》されるとおっしゃっているので、費用《ひよう》はとくにありません。ちなみに、私《わたし》はボランティアとしてその方《かた》に猫《ねこ》の里親《さとおや》さんになってもらったことがあるつながりで、今回《こんかい》も里親探《さとおやさが》しのお手伝《てつだ》いをしているんです」

「そうなんですね。正直《しょうじき》、里親《さとおや》になるのにお金《かね》がかかるんじゃないかって心配《しんぱい》していましたが、それを聞《き》いて安心《あんしん》しました。どれくらいかかるのかわからなかったので……」

「通常《つうじょう》は、先《さき》ほどいったワクチン接種《せっしゅ》や血液検査《けつえきけんさ》、不妊《ふにん》や去勢《きょせい》の手術代《しゅじゅつだい》、ボランティアが預《あず》かっている間《あいだ》のエサ代《だい》などをいただく場合《ばあい》があるんですが、今回《こんかい》は事情《じじょう》があって、預《あず》かってらっしゃる方《かた》、エミさんというんですが、彼女《かのじょ》が全部負担《ぜんぶふたん》してくれるそうなので、里親《さとおや》さんに費用《ひよう》はかかりません。動物病院《どうぶつびょういん》での検査《けんさ》の結果《けっか》、何《なん》の病気《びょうき》もない健康体《けんこうたい》なので医療費《いりょうひ》もとくにありません」

（じじょう？）

ママも美花《みか》と同《おな》じように疑問《ぎもん》に思《おも》ったようで、

「事情《じじょう》とおっしゃると？」

と聞《き》いている。

「はい、これは大事《だいじ》なことなのでお話《はな》ししようと思《おも》っていました。少《すこ》し長《なが》くなりますが……」

そういって、平野《ひらの》さんは里親募集中《さとおやぼしゅうちゅう》のオシキャット、ライくんのこれまでの暮《く》らしについて話《はな》し始《はじ》めた。

ライくん

ライくんは、オシキャットという猫《ねこ》の品種《ひんしゅ》の四歳《よんさい》の男の子《おとこのこ》。でも、本当《ほんとう》の年齢《ねんれい》は実《じつ》はわからない。オシキャットはブランド猫《ねこ》で、ペットショップやブリーダーで「血統書《けっとうしょ》」つきで売《う》られている。売《う》られているといっても、ちょっと珍《めずら》しい品種《ひんしゅ》なので、どこのペットショップにもいるというわけではない。

ペットショップで売《う》られている猫《ねこ》は、たいてい生後《せいご》二《に》か月《げつ》くらいの子猫《こねこ》で、お母《かあ》さんとお父《とう》さんはもちろん、おじいちゃんやおばあちゃん、さらにそれより前《まえ》の先祖《せんぞ》までわかっている。ブリーダーがきちんと管理《かんり》して、同《おな》じ品種《ひんしゅ》の猫《ねこ》どうしの子供《こども》が生《う》まれるようにしている。他《ほか》の種類《しゅるい》の猫《ねこ》の血《ち》が混《ま》じっていない純粋《じゅんすい》なアメリカンショートヘアや、純粋《じゅんすい》なシャムネコがケージに入《い》れられて、お店《みせ》で売《う》られている。そうやって何代《なんだい》も手間暇《てまひま》をかけて育《そだ》ててきた猫《ねこ》の子供《こども》には、その猫《ねこ》が純粋《じゅんすい》な品種《ひんしゅ》で、お父《とう》さんやお母《かあ》さんやご先祖様《せんぞさま》がはっきりしていますよという証明《しょうめい》として「血《けっ》統書《とうしょ》」がつけられて、高《たか》い値段《ねだん》で売《う》られる。

ライくんも、ちょっと珍《めずら》しいブランドの猫《ねこ》として東京都内《とうきょうとない》のペットショップで血統書《けっとうしょ》つきで売《う》られていた。ライくんのきょうだい猫《ねこ》たちはすぐに買《か》われていった。だけど、どういうわけかライくんだけはなかなか買《か》う人《ひと》がいなくて、生後七《せいごなな》か月《げつ》くらいまでペットショップにいた。

　猫《ねこ》はふつう、生後半年《せいごはんとし》くらいで人間《にんげん》でいうと九歳《きゅうさい》くらいまで成長《せいちょう》する。生後二《せいごに》か月《げつ》くらいには両《りょう》てのひらにのるくらい小《ちい》さくてよちよち歩《ある》きの子猫《こねこ》も、生後半年《せいごはんとし》くらいにもなると、体《からだ》はだいぶ成長《せいちょう》して、いろいろなことがひとりでできるようになる。もちろん、まだまだあどけない子猫《こねこ》ではあるけれど、もうおとなの一歩手前《いっぽてまえ》だ。

　生後七《せいごなな》か月《げつ》でだいぶ大《おお》きくなってしまったライくんは、お店《みせ》では厄介者扱《やっかいものあつか》いだった。お店《みせ》の人《ひと》たちは「この子《こ》、いつになったら売《う》れるんだろう」「売《う》れ残《のこ》ったらどうしよう。捨《す》てるわけにもいかないし、困《こま》ったな」と思《おも》っていた。「特売《とくばい》！」とか「30％《パーセント》OFF《オフ》！」と札《ふだ》をつけて、もとの値《ね》段《だん》よりも安《やす》くしたのになかなか売《う》れない。

　とくに男性《だんせい》の店長《てんちょう》は、エサ代《だい》だけかかるし、ライくんがいては新《あたら》しい子猫《こねこ》を仕入《しい》れることができないといって、ライくんが売《う》れないことにイライラしていた。ライくんには

いつも冷《つめ》たい態度《たいど》だったし、ちょっとごはんを食《た》べるのが遅《おそ》かったり、間違《まちが》った場所《ばしょ》でおしっこをしてしまったりすると、怒鳴《どな》ったりしていた。人間《にんげん》の子供《こども》と同《おな》じで、まだ子供《こども》の猫《ねこ》だから間違《まちが》えることだってあるのに。

それで、ライくんは「人間《にんげん》の男《おとこ》の人《ひと》」は怖《こわ》い生《い》き物《もの》だと思《おも》うようになって、男性《だんせい》の声《こえ》を聞《き》くといつもビクッとしてしまう猫《ねこ》になってしまった。

ある日《ひ》、そんなライくんを買《か》ってくれるという人《ひと》がついに現《あらわ》れた。お父《とう》さんとお母《かあ》さん、小学生《しょうがくせい》の男《おとこ》の子《こ》ふたりの家族《かぞく》だ。オシキャットという珍《めずら》しい品種《ひんしゅ》だし、値段《ねだん》も安《やす》くなっていたから買《か》うことに決《き》めたようだ。

新《あたら》しいうちは、郊外《こうがい》の一軒家《いっけんや》。三階建《さんがいだ》ての立派《りっぱ》なうちだ。もうペットショップの窮屈《きゅうくつ》なケージ暮《ぐ》らしもしなくていい。ペットショップにいたころは実《じつ》はまだ名前《なまえ》がなかったけれど、このうちに来《き》て、ライくんという名前《なまえ》もつけてもらった。ライくんはここで、新《あたら》しい家族《かぞく》と一緒《いっしょ》に、幸《しあわ》せになるはずだった。

でも、ライくんはお父《とう》さんの存在《そんざい》が怖《こわ》かった。大人《おとな》の男《おとこ》の人《ひと》はあのペットショップの店長《てんちょう》みたいに見《み》えて、また意地悪《いじわる》をされるんじゃないか、怒鳴《どな》られるんじゃないかとビクビクしていた。お父《とう》さんはライくんと仲良《なかよ》くしたいみたいだったけど、ライくんはお父《とう》さんの姿《すがた》を見《み》ると、ソフ

ア の裏《うら》やテレビの裏《うら》に隠《かく》れてしまった。

ライくんはとても繊細《せんさい》で、キレイ好《ず》きな猫《ねこ》だった。ちょっとでもトイレが汚《よご》れていると、もうそこは使《つか》いたくなくなってしまう。

人間《にんげん》だって、ちょっとくらい汚《よご》れたトイレでも平気《へいき》な人《ひと》もいれば、「汚《きたな》いトレイはどうしてもイヤ！」という人《ひと》だっている。

ペットショップにいたころは、お店《みせ》にいろんなお客《きゃく》さんが来《く》るから、ライくんたちがおしっこやうんちをしても、臭《にお》いがしないようにすぐに店員《てんいん》さんが片付《かたづ》けていた。

キレイ好《ず》きのライくんは、新《あたら》しいうちで自分専用《じぶんせんよう》のトイレをもらったけれど、この家《いえ》ではトイレをすぐに掃除《そうじ》してくれないことに不満《ふまん》があった。一日《いちにち》、長《なが》い時《とき》で二日《ふつか》くらい、誰《だれ》もライくんのトイレを掃除《そうじ》してくれなかった。汚《よご》れたトイレに入《はい》るのが嫌《いや》だったライくんは、トイレ以外《いがい》の場所《ばしょ》でおしっこやうんちをするようになった。

お母《かあ》さんはその都度《つど》、

「ライ！　またやった！　お前《まえ》は本当《ほんとう》にダメな子《こ》ね！」

と悲鳴《ひめい》をあげて怒《おこ》っていた。おしっこやうんちを掃除《そうじ》するのはいつもお母《かあ》さんだ。そりゃ、嫌《いや》にもなる。でも、お母《かあ》さんはどうしてライくんがトイレ以外《いがい》の場所《ばしょ》でおしっこやうんちをするのか考《かんが》えたことはなかった。トイレ以外《いがい》の場所《ばしょ》でおしっこやうんちをするとすぐに片付《かたづ》けるのに、トイレにおしっこやうんちをしてもなかなか片付《かたづ》けてくれない。だから、ライくんなりにお母《かあ》さんに「掃除《そうじ》をして欲《ほ》しい」というサインを送《おく》っていたのに、お母《かあ》さんは気《き》づいてくれなかった。

ちっとも慣《な》れないライくんに、お父《とう》さんは仲良《なかよ》くなることを諦《あきら》めるようになっていった。お母《かあ》さんも、トイレ以外《いがい》の場所《ばしょ》でおしっこやうんちをする「ダメな猫《ねこ》」のライくんをうとましく思《おも》うようになっていった。

ライくんが二歳《にさい》くらいになったころ、このうちの子供《こども》のひとりが、

「もしかしたらライは、友達《ともだち》がいなくて寂《さび》しいのかも」

といった。ちょうど友達《ともだち》の家《いえ》で飼《か》っている猫《ねこ》が一年《いちねん》くらい前《まえ》に産《う》んだ子猫《こねこ》がだいぶ大《おお》きくなってきたから、飼《か》ってくれる人《ひと》を探《さが》していた。その猫《ねこ》をもらってライくんの友達《ともだち》にしよう、ということになった。

新《あたら》しく来《き》た猫《ねこ》は、縞模様《しまもよう》のミックス（雑種《ざっしゅ》）の女《おんな》の子《こ》だった。ライくんとはすぐに仲良《なかよ》くなって、やがて子供《こども》も生《う》まれた。ライくんの奥《おく》さんになった縞模様《しまもよう》の猫《ねこ》と子猫《こねこ》たちは、この家《いえ》のお父《とう》さんやお母《かあ》さん、子供《こども》たちにもよくなついた。粗相《そそう》もしないし、とてもかわいがってもらった。

でも、ライくんだけはどうしてもお父《とう》さんになつくことができなかったし、トイレが汚《きたな》いとト

イレ以外《いがい》の場所《ばしょ》でおしっこやうんちをしてしまった。

お父《とう》さんもお母《かあ》さんも、いつまでたってもライくんの気持《きも》ちをわかろうとはしなかった。ふたりの子供《こども》たちもかわいい子猫《こねこ》に夢中《むちゅう》で、ライくんのことをほとんど忘《わす》れてしまっていた。

ライくんの奥《おく》さんと子猫《こねこ》たちだけがいれば、それでいい。家族《かぞく》はそう思《おも》ったみたいだった。それである日《ひ》、ライくんを家《いえ》の三階《さんがい》の部屋《へや》に入《い》れて閉《と》じ込《こ》めてしまった。

三階《さんがい》にはこの部屋《へや》と押入《おしい》れがあるだけで、ふだんは誰《だれ》も上《あ》がってこない場所《ばしょ》だった。ライくんがどんなに鳴《な》いても、その声《こえ》は家族《かぞく》には届《とど》かなかった。そのうち、ライくんは鳴《な》くことを諦《あきら》めてしまった。

声《こえ》にならない叫《さけ》び

ライくんの部屋《へや》には猫用《ねこよう》のトイレが置《お》かれていた。ライくんは数回《すうかい》はそのトイレを使《つか》ったけれど、あとは汚《きたな》いのが我慢《がまん》できなくて、部屋《へや》の片隅《かたすみ》でおしっこやうんちをした。お母《かあ》さんは、ライくんのトイレはもちろん、部屋《へや》の掃除《そうじ》に来《く》ることも一度《いちど》もなかった。そのうち、ライくんの部屋《へや》はそこら中《じゅう》がおしっこやうんちでいっぱいになっていった。

ライくんのごはんはお父《とう》さんが持《も》っていった。でも、ライくんの部屋《へや》がおしっこやうんちでとても臭《くさ》いので、お父《とう》さんは部屋《へや》に入《はい》るのが嫌《いや》だった。一度《いちど》、部屋《へや》にこもった臭《にお》いをなんとかしようと、お父《とう》さんが窓《まど》を開《あ》けた。その後《ご》、窓《まど》が閉《し》められることはなく、部屋《へや》の中《なか》に雨《あめ》が吹《ふ》き込《こ》んで絨毯《じゅうたん》が濡《ぬ》れてしまうような強《つよ》い雨《あめ》の日《ひ》も、凍《こご》えそうになるほど寒《さむ》い雪《ゆき》の日《ひ》も、ライくんの部屋《へや》はずっと窓《まど》が開《あ》けられたままだった。

お父《とう》さんはごはんを持《も》ってきてくれるけど、部屋《へや》に入《はい》るのが嫌《いや》なので、大《おお》きなキャットフードの袋《ふくろ》をそのままぽいっと部屋《へや》に投《な》げ入《い》れてすぐに戸《と》を閉《し》めてしまった。キャットフードの袋《ふくろ》は封《ふう》も切《き》ってなくて、おなかがすいたライくんは袋《ふくろ》を歯《は》でかみ切《き》って破《やぶ》いて中《なか》のごはんを取《と》り出《だ》して食《た》べていた。

お水《みず》を入《い》れたお皿《さら》はドアの近《ちか》くに置《お》いてあって、お父《とう》さんがたまに気《き》づいて中《なか》にお水《みず》を入《い》れてくれた。でも、忘《わす》れていることがほとんどだったので、お皿《さら》はたいてい水《みず》がなくなって乾《かわ》いていたし、一度《いちど》も洗《あら》ってくれたことがなかったのでとても汚《よご》れていた。

ライくんは雨《あめ》が降《ふ》った時《とき》にベランダの隅《すみ》に少《すこ》しだけたまった雨水《あまみず》を飲《の》んで、喉《のど》の渇《かわ》きをいやしていた。猫《ねこ》の遠《とお》い昔《むかし》のご先祖様《せんぞさま》は、水《みず》がほとんどない砂漠《さばく》に住《す》んでいたといわれていて、水《みず》があまりなくても生《い》きていけるような体《からだ》になっていた。猫《ねこ》にもその体質《たいしつ》が残《のこ》っていて、あまり水《みず》を飲《の》まない。だから水《みず》がほとんどなくても、ライくんもなんとか生《い》き延《の》びることができた。

ライくんの部屋《へや》には、遊《あそ》ぶものは何《なに》もなかった。

猫《ねこ》は四歳《よんさい》くらいまではやんちゃで、とにかく遊《あそ》ぶのが大好《だいす》き。高《たか》いところに登《のぼ》ったり、他《ほか》の猫《ねこ》や人間《にんげん》とじゃれたり、追《お》いかけっこをして走《はし》り回《まわ》ったり、ボールを転《ころ》がしたり、新聞《しんぶん》の下《した》に隠《かく》れたり、いろんなことをして遊《あそ》ぶ。ひとりで遊《あそ》ぶのも好《す》きだけど、一緒《いっしょ》に遊《あそ》んでくれる人《ひと》がいればもっと楽《たの》しい。そうやって遊《あそ》びながらいろいろなことを学《まな》んで、知恵《ちえ》をつけていく。体《からだ》に筋肉《きんにく》がついて、たくましく成長《せいちょう》していく。他《ほか》の猫《ねこ》や人間《にんげん》とのつき合《あ》い方《かた》も覚《おぼ》える。猫《ねこ》も人間《にんげん》と同《おな》じようにおとなになっていく。

でも、ライくんには一緒《いっしょ》に遊《あそ》んでくれる人《ひと》もいないし、ひとりで遊《あそ》びたくても部屋《へや》には遊《あそ》ぶためのおもちゃもなかった。本当《ほんとう》はライくんは遊《あそ》びたくてうずうずするくらいの年齢《ねんれい》なのに、遊《あそ》ぶことができなかった。絨毯《じゅうたん》のほつれた毛《け》が風《かぜ》に揺《ゆ》れているのを手《て》でガシッと押《お》さえつけてみたり、ときどき部屋《へや》の中《なか》に迷《まよ》い込《こ》んでくる虫《むし》を追《お》いかけてみるくらいだった。三階《さんがい》の部屋《へや》だったし、電《でん》気《き》もついていないから、虫《むし》が入《はい》ってくることもめったにないことだったけれど。

猫《ねこ》は高《たか》いところに登《のぼ》っているのが好《す》き。木登《きのぼ》りが得意《とくい》だし、高《たか》いところから家族《かぞく》がどんなことをしているのか観察《かんさつ》するのが好《す》き。

でも、ライくんの部屋《へや》には棚《たな》も椅子《いす》も、カーテンさえもなかった。だから、「登《のぼ》る」とか「ジャンプする」という、本来猫《ほんらいねこ》が好《す》きで、得意《とくい》な行動《こうどう》ができなかった。だから、ふつうのライくんと同《おな》じくらいの年齢《ねんれい》の猫《ねこ》よりも脚《あし》が弱《よわ》くなってしまった。

ライくんは空《そら》を眺《なが》めるのが好《す》きだった。窓《まど》はずっと開《あ》いたままだったので、天気《てんき》のいい日《ひ》はベランダに出《で》て、一日中《いちにちじゅう》、外《そと》を見《み》て過《す》ごした。部屋《へや》の中《なか》には家具《かぐ》はひとつもなくて、ただ乾《かわ》いたお皿《さら》と自分《じぶん》で破《やぶ》ったキャットフードの袋《ふくろ》と、干《ひ》からびたうんちがころがっているだけ。臭《くさ》いし、することがないからベランダに出《で》て、鳥《とり》が飛《と》んできたり、下《した》の道《みち》を人《ひと》が通《とお》りかかったりするのを眺《なが》めていた。部屋《へや》の中《なか》を見《み》ていても、何《なに》も動《うご》かない、何《なに》も起《お》こらないけれど、外《そと》の世界《せかい》は一日《いちにち》の間《あいだ》

でも空《そら》の色《いろ》が変《か》わったり、風《かぜ》で木《き》が揺《ゆ》れたり、近所《きんじょ》の子供《こども》たちが楽《たの》しそうにおしゃべりしながら歩《ある》いているのに耳《みみ》を澄《す》ましたりすることができた。どこからともなくおいしそうな匂《にお》いが漂《ただよ》ってくることもあった。

だから、ライくんは雨《あめ》が降《ふ》っていない日《ひ》はいつもベランダにいた。部屋《へや》の中《なか》では感《かん》じられない、ほんの少《すこ》しだけの刺激《しげき》がベランダにはあった。何《なに》もない部屋《へや》に閉《と》じ込《こ》められて、ずっと運動《うんどう》をしていないから脚《あし》の力《ちから》が弱《よわ》くて、ジャンプしてベランダの柵《さく》を越《こ》えていくことはライくんにはできなかった。

そんな生活《せいかつ》が二年《にねん》くらい続《つづ》いたある日《ひ》のこと。お父《とう》さんのいとこが娘《むすめ》を連《つ》れて遊《あそ》びにきた。娘《むすめ》のエミさんは二十四歳《にじゅうよんさい》。この家《いえ》のお父《とう》さんはエミさんにとっては「いとこおじ」にあたるけれど、エミさんはいつも「おじさん」と呼《よ》んでいる。おじさんの奥《おく》さんは「おばさん」だ。

エミさんはお母《かあ》さんとふたり暮《ぐ》らしで、猫《ねこ》を二匹《にひき》飼《か》っている猫好《ねこず》きだ。一匹《いっぴき》はケガをしているところを助《たす》けた元野良《もとのら》の子猫《こねこ》で、もう一匹《いっぴき》も里親《さとおや》ボランティアから譲《ゆず》り受《う》けた元野良《もとのら》の子猫《こねこ》だ。猫《ねこ》のことをよく知《し》っているふたりは、久《ひさ》しぶりにこの家《いえ》に来《き》てびっくりした。玄関《げんかん》に入《はい》る前《まえ》から、とても臭《くさ》かったから。猫好《ねこず》きのふたりには、それが猫《ねこ》のおしっこやうんちの臭《にお》いだとすぐにわかった。

一階《いっかい》のリビングには猫《ねこ》のトイレが置《お》かれていて、縞々《しましま》の猫《ねこ》ともう一匹《いっぴき》、同《おな》じような模様《もよう》の猫《ねこ》が寄《よ》り添《そ》うように出窓《でまど》のあたりに座《すわ》ってのんびりくつろいでいた。

(この猫二匹《ねこにひき》だけで、こんなに臭《くさ》くなるものかな？)

エミさんは不思議《ふしぎ》に思《おも》った。おばさんがキッチンでお茶《ちゃ》を用意《ようい》している間《あいだ》に、エミさんのお母《かあ》さんがおじさん（エミさんのお母《かあ》さんにとってはいとこ）に聞《き》いた。

「ねえ、前《まえ》にオシキャットを買《か》ったっていってなかった？　この子《こ》たちがそう？」

「いや、この子《こ》たちは雑種《ざっしゅ》。オシキャットは三階《さんがい》にいるよ」

「下《お》りてこないの？」

「う〜ん、粗相《そそう》ばかりするから、ちょっと閉《と》じ込《こ》めてるんだよ」

「閉《と》じ込《こ》めるって……」

エミさんとエミさんのお母《かあ》さんは顔《かお》を見合《みあ》わせた。おじさんも、ちょっとバツが悪《わる》いという顔《かお》をしている。エミさんは思《おも》い切《き》っていってみた。

「おじさん、ちょっと見《み》せてもらっていい？」

「……いいけど、汚《きたな》いよ」

「それは別《べつ》にいいけど。ちょっと見《み》てくるね」

エミさんはそういうとすぐにソファを立《た》って、三階《さんがい》に駆《か》け上《あ》がっていった。階段《かいだん》を上《あ》がるごとに、鼻《はな》をつくような臭《にお》いが強《つよ》くなっていった。そして、三階《さんがい》の部屋《へや》のドアをそっと開《あ》けるとものすごい臭《にお》いがして、思《おも》わず「ぐっ……」と声《こえ》をもらしてしまった。

部屋《へや》の中《なか》は閑散《かんさん》としていて、破《やぶ》かれたキャットフードの袋《ふくろ》と、ドアを開《あ》けた勢《いきお》いでふわふわと舞《ま》う猫《ねこ》の毛《け》の塊《かたまり》がまず目《め》に飛《と》び込《こ》んできた。そして、あちこちに散《ち》らばっているカラカラに乾燥《かんそう》したうんちらしきものも。白《しろ》かったはずの壁《かべ》はところどころ茶色《ちゃいろ》くなっていて、ライくんがツメとぎをしたのか、あちこちがめくれて壁紙《かべがみ》の下《した》の木地《きじ》が見《み》えていた。絨毯《じゅうたん》もやはりツメとぎをしたあとでぼろぼろになっていたし、おしっこのあとだらけで最初《さいしょ》にどんな色《いろ》だったのかもわからないほど色《いろ》が変《か》わっていた。足元《あしもと》には、薄汚《うすよご》れていて何《なに》も入《はい》っていないお皿《さら》が転《ころ》がっていた。

エミさんは一瞬《いっしゅん》、自分《じぶん》がどこにいるのかわからなくなった。それくらい見《み》たこともないような汚《よご》れた部屋《へや》が目《め》の前《まえ》にあった。

（ああ、おじさんの家《いえ》だった……）

そう思《おも》い出《だ》すと、目《め》の前《まえ》の光景《こうけい》にショックを受《う》けていた間《あいだ》、忘《わす》れていたあの強烈《きょうれつ》な臭《にお》いに鼻《はな》が襲《おそ》われ、口《くち》と鼻《はな》を手《て》で覆《おお》ってしまった。そして、ふと気《き》づくと、陽《ひ》のあたるベランダの光《ひかり》の中《なか》にグレーに点々模様《てんてんもよう》の猫《ねこ》がいて、こっちをじっと見《み》ていた。

（え〜っと、おじさんの猫《ねこ》、名前《なまえ》はなんていうんだっけ……あ、ライくんか）

以前《いぜん》、オシキャットを飼《か》い始《はじ》めたと聞《き》いた時《とき》に教《おし》えてもらった名前《なまえ》を思《おも》い出《だ》したエミさんは、ライくんに声《こえ》をかけてみた。

「ライくん、ライくん、こっちだよ〜」

ライくんは、「なんだろう？」と不思議《ふしぎ》そうな様子《ようす》で少《すこ》し顔《かお》を傾《かたむ》けて見《み》せたけど、エミさんの方《ほう》には来《こ》なかった。ときどき忘《わす》れたころにごはんを持《も》ってくるお父《とう》さん以外《いがい》の人間《にんげん》がここに来《き》たことにびっくりしているようだった。

「ライくん、元気《げんき》？」

エミさんは、もう一度《いちど》、声《こえ》をかけた。今度《こんど》はライくんが、

「ニャッ」

と小《ちい》さく返事《へんじ》をした。エミさんの目《め》に、涙《なみだ》が浮《う》かんだ。

（この子《こ》、なんでこんなところにいるの？　おかしいよ……）

エミさんはとっさに足元《あしもと》のお皿《さら》を拾《ひろ》って、二階《にかい》に下《お》りていった。二階《にかい》のトイレの横《よこ》にある洗面《せんめん》所《じょ》で、お皿《さら》をごしごしと手《て》でこすった。

猫《ねこ》の毛《け》やキャットフードの食《た》べかす、猫用《ねこよう》トイレから飛《と》び散《ち》った紙製《かみせい》の砂《すな》、小《ちい》さな虫《むし》の干《ひ》からびたようなもの……いろんな小《ちい》さなゴミがこびりついていて、こすっただけでは落《お》ちないので、爪《つめ》をあててはがすように洗《あら》った。

なんとかお皿《さら》を洗《あら》い終《お》わると、ポケットに入《はい》っていたハンカチでお皿《さら》を拭《ふ》いて、水《みず》をたっぷりと入《い》れて、こぼさないよう気《き》をつけながら三階《さんがい》に持《も》っていった。

お皿《さら》を持《も》って二階《にかい》に下《お》りるとき、慌《あわ》てていて部屋《へや》のドアを閉《し》めるのを忘《わす》れていたけど、ライくんはベランダのさっきと同《おな》じ場所《ばしょ》で、同《おな》じ姿《すがた》のままでこちらを見《み》ていた。お皿《さら》の汚《よご》れがなかなか落《お》ちなかったから、けっこう長《なが》い時間《じかん》、二階《にかい》にいたような気《き》がしたけど、ライくんは固《かた》まったようにその場《ば》から動《うご》いていなかった。

（大丈夫《だいじょうぶ》かな……）

エミさんは、ライくんが動《うご》けないんじゃないかと心配《しんぱい》になってきた。床《ゆか》はとても汚《よご》れていたけど、エミさんはスリッパのまま構《かま》わず部屋《へや》に入《はい》って、床《ゆか》に落《お》ちているうんちを避《さ》けながらベランダにいるライくんのところに向《む》かった。ライくんはびっくりしたようで、少《すこ》し前脚《まえあし》をずらして体《からだ》の向《む》きを変《か》えようとした。

「ライくん、ほら、大丈夫《だいじょうぶ》だよ」

エミさんは、ライくんにそっと手《て》を差《さ》し出《だ》した。ひっかかれるかなと思《おも》ったけど、ライくんは何《なに》もしなかった。エミさんは差《さ》し出《だ》した手《て》をすっとライくんの頭《あたま》の方《ほう》にやって、柔《やわ》らかく、優《やさ》しくなでた。

「ニャ……」

ライくんが小《ちい》さな声《こえ》を出《だ》した。エミさんはそのままライくんを抱《だ》っこしてみた。抱《だ》っこには慣《な》れないのか、ライくんは四本《よんほん》の脚《あし》をぴんとつっぱって、ちょっと抵抗《ていこう》していた。それでも、ひっかいたり逃《に》げ出《だ》したりする様子《ようす》はなかった。

ごはんは食《た》べているせいかガリガリに痩《や》せているわけではないけれど、同《おな》じ年齢《ねんれい》のふつうの猫《ねこ》よりも少《すこ》し軽《かる》い気《き》がした。

「ごめん、ごめん、急《きゅう》に抱《だ》っこしたからびっくりしたよね」

エミさんはライくんをベランダの床《ゆか》に下《お》ろして、もう一度《いちど》頭《あたま》をなでた。

「ライくん、かわいそうだね……この部屋《へや》、片付《かたづ》けてあげたいけど、一日《いちにち》じゃ無理《むり》だなぁ……」

そういってエミさんがライくんに話《はな》しかけているとき、部屋《へや》の入《い》り口《ぐち》から声《こえ》がした。

「エミ……」

エミさんのお母《かあ》さんが、心配《しんぱい》そうに覗《のぞ》いている。

「なかなか下《お》りてこないから、心配《しんぱい》になって」

「私《わたし》は大丈夫《だいじょうぶ》。それより、これ……」

エミさんは目配《めくば》せするようにいった。

「うん。ちょっとこれは……ひどいね」

エミさんのお母《かあ》さんも、さっきエミさんがしていたように鼻《はな》と口《くち》に手《て》をあてている。

「とりあえず、今《いま》はどうしようもないから……下《した》に行《い》こう」

そういわれて、エミさんは軽《かる》く頷《うなず》いた。もう一度《いちど》ライくんの頭《あたま》をなでて、また床《ゆか》のうんちに気《き》をつけながら部屋《へや》の外《そと》へ出《で》た。

入《はい》ったときには気《き》づかなかったけれど、ドアの内側《うちがわ》はライくんが開《あ》けようとして一生懸命《いっしょうけんめい》ひっかいたのか、ぼろぼろに削《けず》れていた。それを見《み》てまたじわっと涙《なみだ》が出《で》てきてしまったエミさんだったけど、それ以上《いじょう》は何《なに》もできなかった。

ドアを閉《し》めると、エミさんは部屋《へや》の外《そと》でスリッパを脱《ぬ》いで手《て》で持《も》って、お母《かあ》さんのあとから階《かい》段《だん》を下《お》りていった。

一階《いっかい》のリビングのドアのところで、おじさんが不安《ふあん》そうに階段《かいだん》を見上《みあ》げて待《ま》っていた。

「なんかねぇ……悪《わる》いとは思《おも》ってるんだよ。でも、どうしようもなくてさ」

おじさんが、うつむいていった。

「……また、ライくんに会《あ》いにきていい？」

エミさんは、手《て》に持《も》っていたスリッパを底《そこ》を上《うえ》にして床《ゆか》に置《お》きながらいった。それしか言葉《ことば》が出《で》てこなかった。

「いいけど……」

「ありがとう！　じゃあ、今度《こんど》、仕事《しごと》が休《やす》みの時《とき》にまた来《く》るね！」

おじさんは、ライくんをどうしていいか、この状態《じょうたい》をどう変《か》えたらいいか、わからなくなってしまっているようだった。猫《ねこ》は好《す》きなのに、ライくんとの距離《きょり》が開《ひら》きすぎてしまっていた。ひどいことをしているってちゃんとわかっているのに、どうしようもなくなっていた。

おじさんの後《うし》ろにはおばさんもいて、気《き》まずそうな顔《かお》をしている。夫婦《ふうふ》そろって、今《いま》まで気《き》づかなかったふりをしていたことが全部明《ぜんぶあか》るみに出《で》てしまって、恥《は》ずかしさでいっぱいになった、そんな複雑《ふくざつ》な表情《ひょうじょう》を浮《う》かべていた。

帰《かえ》りの電車《でんしゃ》の中《なか》、エミさんとお母《かあ》さんはしばらく無言《むごん》だった。エミさんは自分《じぶん》の服《ふく》にライくんの毛《け》がついているのに気《き》づいた。あの部屋《へや》の臭《にお》いがしみついていると思《おも》った。でも、そんなことはどうでもよかった。

(ライくんを助《たす》けてあげなきゃ。あんなの、ひどすぎるよ)

親戚《しんせき》のことだけど、だんだん腹《はら》が立《た》ってきた。バッグをつかんでいる手《て》に力《ちから》が入《はい》って、いつの間《ま》にかまた涙《なみだ》が出《で》てきた。

「エミ……」

エミさんの気持《きも》ちが伝《つた》わったのか、お母《かあ》さんが口《くち》を開《ひら》いた。

「近《ちか》いうちにまた行《い》こうか」

「うん、そうするつもり」

エミさんは、なんだかどっと疲《つか》れた気《き》がした。いつもは明《あか》るいエミさんのお母《かあ》さんも、この日《ひ》はその後《ご》ずっと沈《しず》んだ顔《かお》をしていた。

助《たす》けられたライくん

一週間後《いっしゅうかんご》、エミさんは仕事《しごと》の休《やす》みの日《ひ》にまたおじさんの家《いえ》に行《い》った。今度《こんど》は新《あたら》しいプラスチックの猫用《ねこよう》のお皿《さら》、ゴム手袋《てぶくろ》とごみ袋《ぶくろ》、マスク、たわし、猫《ねこ》のトイレ用《よう》のシート、ほうきとちりとり、ぞうきんを数枚《すうまい》持《も》っていった。

エミさんはおじさんのうちから電車《でんしゃ》で一時間近《いちじかんちか》くかかるところに住《す》んでいて、乗《の》り換《か》えも何度《なんど》かあるから、あまりたくさん荷物《にもつ》は持《も》てなかった。途中《とちゅう》でドラッグストアに立《た》ち寄《よ》って、猫《ねこ》のトイレ用《よう》の砂《すな》も二袋《ふたふくろ》買《か》った。これが一番《いちばん》、重《おも》かった。

この日《ひ》はおじさんは仕事《しごと》でいなくて、おばさんだけがいた。親戚《しんせき》とはいえ、人《ひと》の家《いえ》を掃除《そうじ》にくるなんてなんだか失礼《しつれい》な気《き》もしたけど、そんなことよりライくんのことがかわいそうでならなかった。

「おばさん、おせっかいでごめんね。でも私《わたし》、猫《ねこ》は慣《な》れてるから！」

「ごめんね。悪《わる》いとは思《おも》ってるんだけど……」

おばさんは困《こま》った顔《かお》をしていたけど、エミさんはなんでもない風《ふう》に笑顔《えがお》を返《かえ》して三階《さんがい》に上《あ》がっていった。

この日《ひ》も、ライくんはベランダにいた。エミさんが入《はい》ってくると、またこの前《まえ》の時《とき》のように顔《かお》をこちらに向《む》けた。そして、エミさんの姿《すがた》を見《み》ると、体《からだ》ごとエミさんの方《ほう》に向《む》き直《なお》った。

「ライくん、こんにちは」

エミさんは、優《やさ》しい声《こえ》でライくんに挨拶《あいさつ》をした。

(私《わたし》のこと、覚《おぼ》えているのかな。オシキャットは頭《あたま》がいいっていうけど、一度《いちど》会《あ》っただけで覚《おぼ》えてもらえたのかな)

この前《まえ》よりも少《すこ》しだけライくんの緊張《きんちょう》がとけているような気《き》がして、エミさんはうれしくなった。

「さあ、掃除《そうじ》しよっか」

ライくんに向《む》かってそういうと、エミさんはゴム手袋《てぶくろ》をはめた。

とにかく、散《ち》らばっているうんちを片付《かたづ》けないといけない。絨毯《じゅうたん》にこびりついているうんちもあるし、おしっこは壁《かべ》や絨毯《じゅうたん》にしみ込《こ》んでいるから、この臭《にお》いが取《と》れるわけではないことはわかっていた。でも、せめて散《ち》らばっているうんちだけでも……そう思《おも》って、掃除《そうじ》を始《はじ》めた。

ピカピカ！　とは程遠《ほどとお》いけれど、なんとか転《ころ》がっているうんちと毛《け》の塊《かたまり》、びりびりになったキャットフードの破片《はへん》をとってしまうと、今度《こんど》は持《も》ってきたお皿《さら》に新《あたら》しいお水《みず》とキャットフードをたっぷり入《い》れて床《ゆか》に置《お》いた。

それから、ごみ袋《ぶくろ》に猫用《ねこよう》トイレに残《のこ》っていた砂《すな》をざっと空《あ》け（もちろん、古《ふる》くなっていたうんちやおしっこの塊《かたまり》も入《はい》っていた）、底《そこ》に敷《し》いてあったシートを外《はず》した。猫用《ねこよう》トイレを二階《にかい》の洗面《せんめん》所《じょ》に持《も》っていって、ぞうきんとたわしでごしごし洗《あら》ってから乾《かわ》いたぞうきんできれいに拭《ふ》いて、新《あたら》しいシートを敷《し》いて、新《あたら》しい砂《すな》を入《い》れた。洗面所《せんめんじょ》もキレイに拭《ふ》いておいた。

エミさんが部屋《へや》の中《なか》で作業《さぎょう》をしている間《あいだ》、ライくんはベランダに座《すわ》ったままエミさんの様子《ようす》をじっと見《み》ていた。

（はりきってきたけど、これくらいしかできないなぁ……）

できることを終《お》えて部屋《へや》を見渡《みわた》したエミさんだけど、まだまだ汚《きたな》くて臭《くさ》い部屋《へや》にがっかりした。

すると、ライくんが無言《むごん》のままベランダから部屋《へや》にすっと入《はい》ってきた。どうするかと思《おも》ったら、まっすぐ砂《すな》を替《か》えたばかりのトイレに入《はい》って、おしっこをした。

（あ！　ちゃんとトイレでおしっこしてる！　よかった！）

エミさんは、少《すこ》し安心《あんしん》した。ライくんがトイレを使《つか》ったあとはあったけど、それにしても部屋《へや》全体《ぜんたい》がトイレにされているようで、ライくんはトイレがちゃんとできない子《こ》だと思《おも》っていたから。

その後《ご》、エミさんは時間《じかん》があるときはできるだけライくんの様子《ようす》を見《み》に行《い》くようになった。その都度《つど》、掃除道具《そうじどうぐ》を持《も》って。

（やっぱりお水《みず》、乾《かわ》いちゃうよねぇ）

猫用《ねこよう》のお皿《さら》を見《み》て、エミさんは肩《かた》を落《お》とした。ごはんもちろんなくなっている。エミさんが来《こ》なくてもこの家《いえ》のお父《とう》さんがごはんだけ部屋《へや》に入《い》れているようで、キャットフードが袋《ふくろ》ごと床《ゆか》に置《お》いてあった。ただ、エミさんが来《く》るようになってからは、キャットフードの袋《ふくろ》はハサミで切《き》って開《あ》けておかれていた。

猫用《ねこよう》トイレには毎回《まいかい》、うんちやおしっこが一《いち》、二回分入《にかいぶんはい》っているけど、部屋《へや》の中《なか》の方《ほう》がもっとたくさんうんちやおしっこをしたあとがあった。そして、エミさんが掃除《そうじ》をしたばかりのトイレにはライくんはすぐに入《はい》ろうとした。

（ライくん、一度《いちど》使《つか》ったトイレをまた使《つか》うのが嫌《きら》いなんだ……）

エミさんにはそんな気《き》がしてきた。

ライくんと会《あ》うたびに、エミさんはライくんとの距離《きょり》が縮《ちぢ》まっていくのがわかった。最初《さいしょ》はエミさんが部屋《へや》に入《はい》ってもベランダで様子《ようす》を見《み》ていただけだったライくんだったけど、何度《なんど》か通《かよ》ううちに、エミさんが来《き》たとわかると、部屋《へや》の入《い》り口近《ぐちちか》くまで迎《むか》えにくるようになっていた。エミ

さんはいつも、

「ライくん、こんにちは。いい子《こ》だね」

と明《あか》るい声《こえ》でいって、優《やさ》しく頭《あたま》をなでてあげた。

(猫《ねこ》だって、ちゃんとわかるんだよね……)

やっぱり掃除《そうじ》にくるだけじゃダメだと、エミさんは思《おも》った。このまま一生《いっしょう》ライくんをここに閉《と》じ込《こ》めておくわけにはいかない、そう思《おも》ったエミさんは、おじさんに相談《そうだん》をもちかけることにした。ライくんのところに通《かよ》うようになって、三《さん》か月《げつ》くらいたってからのことだ。

「おじさん、ライくんのことだけど、私《わたし》のうちで預《あず》かりたいんだけど」

「え?」

「うん。今《いま》のままじゃライくん、正直《しょうじき》かわいそうだし……ごめんね、余計《よけい》なことかもしれないけど。でも、おじさんたちも大変《たいへん》でしょう?」

「悪《わる》いなとは思《おも》ってるんだけど、どうしようもなくて……」

おじさんはいつも同《おな》じことをいう。

（キャットフードの袋《ふくろ》をハサミで切《き》ってあげるだけでも、おじさんには精《せい》いっぱいだったのかもしれない。それくらい、おじさんも自分《じぶん》を責《せ》める気持《きも》ちに追《お》いつめられていたのかもしれない）

エミさんは本当《ほんとう》は腹《はら》が立《た》って仕方《しかた》がなかったけど、自分《じぶん》にそういい聞《き》かせて、とりあえず今《いま》はライくんを救《すく》うことだけを考《かんが》えようと思《おも》った。

「わかるよ。だから、私《わたし》に任《まか》せてくれないかな。あの部屋《へや》はもう掃除《そうじ》しても使《つか》えないと思《おも》うから、床《ゆか》も壁《かべ》も取《と》り換《か》えてリフォームするしかないと思《おも》うけど」

「エミちゃん、ありがとう。本当《ほんとう》にごめんよ」

おじさんは本当《ほんとう》に申《もう》し訳《わけ》なさそうにいったけど、エミさんはそれには返事《へんじ》をしないで、次回来《じかいく》るときにライくんを連《つ》れていく約束《やくそく》をした。

数日後《すうじつご》、エミさんはライくん用《よう》に新《あたら》しいケージを買《か》った。三段《さんだん》のステップのついた大《おお》きなケージだ。エミさんの家《いえ》にはほかに二匹猫《にひきねこ》がいる。ライくんをいきなり連《つ》れてきて他《ほか》の猫《ねこ》たちとケンカをしては困《こま》るから、慣《な》れるまではしばらくケージ暮《ぐ》らしをしてもらわないといけなかった。長《なが》い間《あいだ》あの汚《よご》れた部屋《へや》で生活《せいかつ》していたライくんだから、もしかしたら何《なに》か病気《びょうき》を持《も》っているかもしれない。他《ほか》の猫《ねこ》たちに病気《びょうき》がうつるのも避《さ》けたかった。

でも、狭《せま》いケージではかわいそうだから、奮発《ふんぱつ》して値段《ねだん》の高《たか》い大《おお》きなケージをライくんのために用意《ようい》した。ライくん用《よう》に新《あたら》しいクッションやおもちゃも用意《ようい》した。

次《つぎ》の休《やす》みの日《ひ》に、エミさんはライくんを迎《むか》えに行《い》った。猫《ねこ》を運《はこ》ぶためのキャリーバッグを持《も》っていって、ライくんをそっと抱《だ》っこして、中《なか》に入《い》れて連《つ》れ帰《かえ》った。ライくんはとくに嫌《いや》がることもなく、すなおに入《はい》ってくれた。

(助《たす》けてもらえるってことが、やっぱりわかるんだね……)

エミさんはまたちょっと、涙《なみだ》が出《で》てしまった。

家族《かぞく》になりたい

長《なが》い話《はなし》を一通《ひととお》り終《お》えたところで、平野《ひらの》さんがすっかり冷《さ》めてしまっているお茶《ちゃ》をすする。ママも美花《みか》も純《じゅん》も、じっと黙《だま》って話《はなし》を聞《き》いていた。三人《さんにん》とも目《め》にうっすらと涙《なみだ》を浮《う》かべている。

「その後《あと》、ライくんはエミさんのうちに行《い》って、病院《びょういん》にも連《つ》れていってもらい、病気《びょうき》もない健康《けんこう》な体《からだ》だということもわかりました。もとが強《つよ》い子《こ》なんでしょうね。よくがんばって生《い》きてくれたと思《おも》います。ごはんもしっかり食《た》べるし、体重《たいじゅう》も増《ふ》えてきたし、ジャンプもだいぶできるようになりました。エミさんのうちでは、ライくんは一度《いちど》も粗相《そそう》をしたことがないそうです。毎日《まいにち》、キレイにトイレ掃除《そうじ》をしてくれているから」

「そんなことって、あるんですね……高《たか》いお金《かね》を出《だ》して買《か》っても、愛情《あいじょう》がなかったら意味《いみ》がないですよね」

ママがいう。本当《ほんとう》にその通《とお》りだと、美花《みか》も思《おも》う。

「本当《ほんとう》はエミさんがライくんを飼《か》いたいと思《おも》っていたみたいなんですが、エミさんのうちで飼《か》っている二匹《にひき》の猫《ねこ》のうち一匹《いっぴき》が重《おも》い病気《びょうき》なんですね。それで、医療費《いりょうひ》もかなりかかっているし、これ以上《いじょう》、猫《ねこ》は飼《か》えない状況《じょうきょう》なんです」

ママは、うんうんと頷《うなず》いている。

「それで新《あたら》しい家族《かぞく》を探《さが》すことになって、私《わたし》がエミさんにかわって里親《さとおや》を募集《ぼしゅう》したんです。ツイッターで募集《ぼしゅう》したところ、ツイッターで大人気《だいにんき》だったわさびちゃんという猫《ねこ》ちゃんのお母《かあ》さんが見《み》ていてくれて、リツイートしてくれたんです。それで一気《いっき》にライくんの里親募集《さとおやぼしゅう》が広《ひろ》まって、インターネットの検索《けんさく》エンジンのトピックにまでなったんです」

「ああ、そうですよね。私《わたし》も最初《さいしょ》、トピックのところで知《し》ったんです」

ママが、なるほどという顔《かお》で応《こた》える。

「そんなわけで、エミさんは自分《じぶん》の親戚《しんせき》のしたことだからと責任《せきにん》を感《かん》じて、ワクチンや去勢手術《きょせいしゅじゅつ》などの費用《ひよう》もすべて自分《じぶん》で持《も》つといって」

「事情《じじょう》って、そういうことだったんですね」

ママが納得《なっとく》して頷《うなず》いている。でも美花《みか》は、

(エミさんは悪《わる》くないのに……)

と、ちょっとエミさんが気《き》の毒《どく》だと思《おも》う。

「ライくんは今《いま》でも男《おとこ》の人《ひと》のことは怖《こわ》いみたいなんです。だから、こちらのお父《とう》さんも猫《ねこ》ちゃん大好《だいす》きということですが、もし飼《か》っていただけるなら、しばらくはお父《とう》さんはあまりライくんに構《かま》わず、そっとしておいてあげて欲《ほ》しいんですね」

「仕方《しかた》ないですよね。主人《しゅじん》、がっかりすると思《おも》うけど」

「ライくんはとても頭《あたま》のいい子《こ》だから、優《やさ》しくしてくれる、愛《あい》してくれるとわかったら心《こころ》を開《ひら》くと思《おも》います」

「トイレもこまめに掃除《そうじ》しますし、主人《しゅじん》にもそっとしておくようにいいます」

「あと、ライくんはオシキャットで、血統書《けっとうしょ》もちゃんとあるはずなんですが、エミさんはもとの飼《か》い主《ぬし》さんに血統書《けっとうしょ》が欲《ほ》しいとまでいえなかったらしく、エミさんの手元《てもと》には血統書《けっとうしょ》はないんですね。だから、ライくんの正式《せいしき》な生年月日《せいねんがっぴ》もよくわからないんです。お誕生日《たんじょうび》のこともあるし、新《あたら》しい飼《か》い主《ぬし》さんが血統書《けっとうしょ》が欲《ほ》しいようなら、エミさんがもとの飼《か》い主《ぬし》さんにくれるよう頼《たの》んでみるといっていますが」

「血統書《けっとうしょ》なんて！　別《べつ》にブランド猫《ねこ》が欲《ほ》しいわけではないので……」

「そういっていただけるとありがたいです。ライくんの募集《ぼしゅう》はかなり広《ひろ》まっていて、他《ほか》にも里親《さとおや》になりたいという人《ひと》が何人《なんにん》かいますので、順番《じゅんばん》に面接《めんせつ》をしてからご連絡《れんらく》させていただきますね」

「わかりました！」

面接《めんせつ》が終《お》わって、ママが平野《ひらの》さんを駅《えき》まで送《おく》っていった。外《そと》はすっかり暗《くら》くなっている。

「そこにいるのにずっと無視《むし》されるって、つらいだろうね……」

美花《みか》がひとりごとのようにいうと、純《じゅん》が鼻水《はなみず》をすすりあげる音《おと》を立《た》てていう。

「僕《ぼく》だったら、悲《かな》しくて、悲《かな》しくて、泣《な》いちゃうよ」

「ライくんは、鳴《な》いても振《ふ》り向《む》いてもらえなかったんだよ。ライくん、かわいそうすぎる。なんでそんなこと、できるんだろう」

また、美花《みか》の目《め》の周《まわ》りが熱《あつ》くなって、涙《なみだ》がこぼれてくる。

「私《わたし》たちがライくんを幸《しあわ》せにできたらいいね」

「うん、僕《ぼく》がライくんの一番《いちばん》の友達《ともだち》になってあげる！」


その日《ひ》の夜《よる》、仕事《しごと》から帰《かえ》ってきたパパにママがライくんの話《はなし》をした。

「そっかぁ……かわいそうな子《こ》だね……」

パパは深刻《しんこく》な顔《かお》をしていう。

「うん。私《わたし》たちの家族《かぞく》になってくれたら、今《いま》までの分《ぶん》も思《おも》いっきりかわいがってあげたいな」

「そうだね。でも、パパは空気《くうき》みたいにしていないといけないんだよね？」

少《すこ》し落《お》ち込《こ》んだ様子《ようす》のパパ。その気持《きも》ちはママにもよくわかるし、申《もう》し訳《わけ》なく思《おも》う。

「平野《ひらの》さんが、ライくんは頭《あたま》がいいから、愛情《あいじょう》が伝《つた》われば大丈夫《だいじょうぶ》っていってたよ」

「そうだよね。ライくんが慣《な》れるまでがんばって空気《くうき》になるよ！」

パパも、まだ決《き》まったわけでもないのに、すっかりライくんに情《じょう》が移《うつ》っているようだ。

「とにかく、他《ほか》の里親《さとおや》さん候補《こうほ》もいるみたいだから、結果《けっか》を待《ま》つしかないけどね」

ママだってもうライくんを家族《かぞく》にする気満々《きまんまん》だけど、自分《じぶん》たちが里親《さとおや》に選《えら》ばれないことだってあるんだし、あまり先走《さきばし》らないようにしようと思《おも》っている。

さよならライくん、こんにちはまぐ

数日後《すうじつご》、平野《ひらの》さんがママに電話《でんわ》をしてきた。

「先日《せんじつ》はありがとうございました」

「こちらこそ。それで、どうですか、ライくんのこと……」

「はい。エミさんとも相談《そうだん》して、お宅《たく》に里親《さとおや》さんになってもらいたいということになりました。お気持《きも》ちに変《か》わりはありませんか？」

「えっ、本当《ほんとう》ですか!?」

ママのびっくりした声《こえ》を聞《き》いて、自分《じぶん》たちの机《つくえ》で宿題《しゅくだい》をしていた美花《みか》と純《じゅん》がぱっと振《ふ》り返《かえ》る。

「はい。お住《す》まいの環境《かんきょう》や、家族構成《かぞくこうせい》、猫《ねこ》への理解《りかい》など、総合的《そうごうてき》に考《かんが》えてお宅《たく》にぜひ、ライくんの里親《さとおや》さんになってもらいたいと思《おも》いまして。何《なに》より、血統書《けっとうしょ》がないと嫌《いや》だというような考《かんが》えの方《かた》だと、条件《じょうけん》がそろっていてもお断《ことわ》りしようかと思《おも》っていたんです。でも、こちらのお宅《たく》は血統《けっとう》書《しょ》にこだわらず、ライくんそのものを見《み》てくれそうだったので」

「選《えら》んでもらえるなんて思《おも》っていなかったから……いえ、思《おも》っていたけど、でも、本当《ほんとう》にライくんが来《き》てくれるなんて……ありがとうございます！」

ママはなんといっていいかわからなくて、でもとにかくうれしくて、お礼《れい》をいっている。美花《みか》たちは、キッチンに立《た》ったままスマホで話《はな》しているママのところに駆《か》け寄《よ》る。

「ライくん、うちに来《き》てくれるの？」

純《じゅん》が小声《こごえ》で聞《き》くと、ママがスマホを耳《みみ》をあてたまま、「うん！」というように大《おお》きく頷《うなず》いている。美花《みか》と純《じゅん》は大《おお》きく目《め》を見開《みひら》いて、お互《たが》いの顔《かお》を見《み》る。

「やった！」

「ライくんがうちに来《く》る！」

ふたりで大《おお》きな声《こえ》を出《だ》したいのを我慢《がまん》

して、小声《こごえ》でいい合《あ》いながら、手《て》をたたくしぐさをする。

「よかったね！　ライくん、明後日《あさって》うちに来《く》ることになったよ。それまでにトイレとかいろいろ準備《じゅんび》しないとね！」

平野《ひらの》さんとの電話《でんわ》が終《お》わったママが、明《あか》るい声《こえ》でいう。

「買《か》い物《もの》に行《い》くんでしょ？　一緒《いっしょ》に行《い》く！」

純《じゅん》がいう。

「そうだね。エミさんがね、ライくん用《よう》に買《か》って使《つか》っていた大《おお》きなケージをうちにくれるんだって。ライくんもそのケージに慣《な》れているし、もう使《つか》わないからって」

「すごいね、ライくん、おうちつきで来《く》るんだ！」

「エミさんには本当《ほんとう》に感謝《かんしゃ》だね。ライくんを救《すく》い出《だ》してくれて、病院《びょういん》にも連《つ》れて行《い》ってくれて、ケージまでくれるなんて」

ママは、心《こころ》からありがたい気持《きも》ちでいっぱいだ。

「ねえママ、ライくんさ、新《あたら》しい名前《なまえ》つけてあげようよ」

しばらく黙《だま》っていた美花《みか》が、口《くち》を開《ひら》いた。

「だってさ、ライくんって名前《なまえ》でいると、ライくんの悲《かな》しい思《おも》い出《で》がずっとライくんから離《はな》れない気《き》がしちゃうの」

「そうね、それがいいね。じゃあ、パパが帰《かえ》ってきたらみんなで新《あたら》しい名前《なまえ》、決《き》めよう！」

「うん！」

それから美花《みか》は、パパが帰《かえ》ってくるまでにいろいろな名前《なまえ》を考《かんが》えた。宿題《しゅくだい》の残《のこ》りを終《お》わらせないといけないのに、なかなか進《すす》まない。

八時過《はちじす》ぎにパパが帰《かえ》ってきて、みんなで一緒《いっしょ》にライくんの名前《なまえ》の案《あん》を出《だ》し合《あ》った。ママは「ちまき」がいい、といっている。

「ライくん、男《おとこ》の子《こ》でしょ？　ちまきじゃ、なんだか女《おんな》の子《こ》みたいだよ」

「う〜ん……名前《なまえ》をつけるのって、難《むずか》しいねぇ」

パパも一生懸命《いっしょうけんめい》、考《かんが》えている。ママが部屋《へや》の中《なか》を見渡《みわた》しながら、

「本《ほん》、CD《シーディー》、パソコン、セロテープ、ぬいぐるみ、りんご、マグネット……」

目《め》についたものを、手《て》あたり次第《しだい》にぶつぶつと口《くち》に出《だ》していっている。

「マグネット……まぐっていうのはどう？」

はっと思《おも》いついたように、ママがいう。

「まぐ！　それかわいい！」

美花《みか》が目《め》を輝《かがや》かせる。

「マグネットのまぐか。なんていうか、僕《ぼく》たちはこの猫《ねこ》にひきつけられて、この猫《ねこ》も僕《ぼく》たちにひきつけられて、家族《かぞく》になるんだもんな。いいかもしれないね、まぐ」

パパも賛成《さんせい》だ。純《じゅん》もうれしそうに手《て》をたたいて「まぐ！」といっている。

「さよなら、ライくん。こんにちは、まぐ、だね！」

美花《みか》がは、一日《いちにち》も早《はや》くまぐに会《あ》いたい気持《きも》ちでいっぱいだ。

新《あたら》しい生活《せいかつ》

数日後《すうじつご》、エミさんと平野《ひらの》さんが、ライくん改《あらた》めまぐを連《つ》れてうちにやってきた。エミさんがわざわざ引《ひ》っ越《こ》し業者《ぎょうしゃ》さんに頼《たの》んで、まぐ用《よう》の大《おお》きなケージを運《はこ》んできてくれた。エミさんはくりっとした大《おお》きな目《め》の美人《びじん》で、ママが思《おも》った通《とお》りの優《やさ》しい、柔《やわ》らかい雰囲気《ふんいき》の人《ひと》だった。

（でも、芯《しん》がしっかりしてるんだろうなぁ。まぐを助《たす》け出《だ》すような行動力《こうどうりょく》もあるし）

ママは、まだ若《わか》いエミさんの大活躍《だいかつやく》に感心《かんしん》している。

美花《みか》たちとまぐとの、四人《よにん》一匹《いっぴき》家族《かぞく》の生活《せいかつ》が始《はじ》まった。ただ、平野《ひらの》さんがいっていたように、まぐははじめはとても臆病《おくびょう》で、びくびくしているように見《み》えた。

「ずっとひとりぼっちだったまぐは、まだいろんなことがわからないんだよ。だから、とにかくそっとしておいてあげないと」

ママはそういいながら、コタツに入《はい》って紙《かみ》に何《なに》かを書《か》いている。

「何《なに》を書《か》いてるの？」

美花《みか》がママの手元《てもと》を覗《のぞ》き込《こ》みながら聞《き》く。

「これからまぐと仲良《なかよ》くなっていくために、みんなで守《まも》るルールを書《か》いてるの」

ママはそういって、書《か》き終《お》えた紙《かみ》を見《み》せる。

「猫《ねこ》にちょっかいをだしてしまったら　きらわれる!!」

「猫《ねこ》の方《ほう》からよってくるまで目《め》をあわさなかった人《ひと》が好《す》かれる」

「大《おお》きな音《おと》（声《こえ》）をたてない」

「ずっと目《め》を見《み》ると敵《てき》だと思《おも》う」

「目《め》が合《あ》ったらゆっくりそらす」

「近《ちか》づいてくるのをまつ」

「猫《ねこ》じゃらしやだっこはガマン!!」

美花《みか》が、ママの書《か》いた字《じ》を声《こえ》に出《だ》して読《よ》み上《あ》げる。

「何《なに》それ〜?」

純《じゅん》もやってきて、ママの顔《かお》を見上《みあ》げる。

「インターネットで、猫《ねこ》のことをいろいろ調《しら》べたんだよ。そしたら、目《め》をじっと見《み》ると敵《てき》だと思《おも》って警戒《けいかい》するって書《か》いてあったの。それに、大《おお》きな音《おと》も嫌《きら》いなんだって」

「ふ〜ん。気《き》をつけるよ」

急《きゅう》に声《こえ》を小《ちい》さくする純《じゅん》。まぐは、まだケージの中《なか》の布製《ぬのせい》の小屋《こや》の中《なか》でじっとしている。もしかしたら、聞《き》き耳《みみ》をたてているのかも。顔《かお》は今《いま》はこちらの方《ほう》を向《む》いていて、じっと美花《みか》たちを観察《かんさつ》しているみたいだ。

「まぐが慣《な》れるまで、がまんするよ。でも、見《み》ないって難《むずか》しいなぁ」

がまんするっていったけど、美花《みか》だって本当《ほんとう》は触《さわ》ってみたいし、だっこもしてみたい。それなのに見《み》ることさえできないなんて。

「あ、いいこと考《かんが》えた！　見《み》てるってバレないように見《み》たらいいんじゃない?」

美花《みか》は今《いま》ひらめいたことをすぐにやってみることにした。

「こうやって、紙《かみ》に目《め》の部分《ぶぶん》の穴《あな》を開《あ》けるの」

新聞《しんぶん》に入《はい》ってくる広告《こうこく》を広《ひろ》げて、二《に》か所《しょ》、ハサミで切《き》って丸《まる》い穴《あな》を開《あ》けている。

「ほら、こうやって見《み》てても、私《わたし》の顔《かお》は隠《かく》れてるから、まぐには気《き》づかれないでしょ？」

「わぁ、僕《ぼく》もやる！」

純《じゅん》がすぐにマネをして、同《おな》じように広告《こうこく》に穴《あな》を開《あ》ける。

「まぐに見《み》つからないかなぁ」

「こうやって寝《ね》たふりをして見《み》てれば、きっと大丈夫《だいじょうぶ》だよ」

まぐは今《いま》も美花《みか》たちの方《ほう》を見《み》ているけど、びっくりするような様子《ようす》はない。

「これからはこうやってまぐを見《み》ようっと」

美花《みか》と純《じゅん》が楽《たの》しそうに寝転《ねころ》がって、広告《こうこく》を顔《かお》にあててこ

っそりまぐを見《み》ている様子《ようす》がおかしくて、ママは思《おも》わず笑《わら》ってしまった。

その日《ひ》の夜《よる》、みんなが寝静《ねしず》まったころ、まぐはケージからこっそり出《で》て部屋《へや》の中《なか》を歩《ある》き回《まわ》った。

美花《みか》は、まぐが枕元《まくらもと》に来《き》てにおいをかいでいるのに気《き》づいた。うれしくなって声《こえ》を出《だ》しそうになるのをぐっとがまんする美花《みか》。寝《ね》たふりをしたまま、暗《くら》がりの中《なか》で動《うご》くまぐの様子《ようす》を見《み》ている。

(うちの中《なか》を探検《たんけん》してる)

新《あたら》しいうちのこと知《し》ろうとしているまぐが、なんだかとてもかわいく思《おも》える。

しばらくすると、まぐはテレビがのっている台《だい》の上《うえ》にちょこんと座《すわ》った。そして、じっと部屋《へや》の中《なか》を見始《みはじ》めた。まぐのそんな様子《ようす》を見《み》ていた美花《みか》はいつの間《ま》にか眠《ねむ》りに落《お》ちていた。

翌日《よくじつ》も、その翌日《よくじつ》も、美花《みか》たちはまぐを驚《おどろ》かせないようにしながら静《しず》かに過《す》ごした。まぐもだんだん慣《な》れてきたみたいで、美花《みか》たちの前《まえ》でも家《いえ》の中《なか》を歩《ある》き回《まわ》るようになった。きちんとトイレ掃除《そうじ》もしてくれるし、ごはんも毎回《まいかい》キレイなお皿《さら》に入《い》れてくれるこの家族《かぞく》に、まぐも少《すこ》しずつ心《こころ》を許《ゆる》すようになってきたのかもしれない。

(だいぶ慣《な》れてきたみたいだし、ちょっとおもちゃで遊《あそ》ばせてみようかな)

まぐが来《き》てから数日《すうじつ》が過《す》ぎたある日《ひ》、ママはそう思《おも》ってふわふわした毛《け》でできた緑色《みどりいろ》の小《ち》さなボールを転《ころ》がして、まぐを遊《あそ》びに誘《さそ》ってみた。まぐはすぐにボールに飛《と》びついて、自分《じぶん》で転《ころ》がして遊《あそ》び始《はじ》めた。身《み》をかがめて、目《め》を真《ま》ん丸《まる》にして、勢《いきお》いよく狙《ねら》った「獲物《えもの》」に飛《と》びかかっていくまぐ。


「まぐ、楽《たの》しそうだね。どんどん遊《あそ》んでいいよ」

今《いま》までほとんど遊《あそ》んでもらったこともなく、自分《じぶん》で遊《あそ》ぶことさえもできなかったまぐが、本来《ほんらい》の猫《ねこ》らしさを取《と》り戻《もど》して遊《あそ》びに夢中《むちゅう》になっている姿《すがた》を見《み》て、ママはうれしくなった。

(今《いま》なら、まぐともっと触《ふ》れ合《あ》えるかも)

そう思《おも》ったママは、ちょっとまぐを抱《だ》っこしてみることにした。

慣《な》れない抱《だ》っこにちょっとびっくりした様子《ようす》のまぐだけど、逃《に》げようとはしない。そのかわり、いたずらするようにママの人差《ひとさ》し指《ゆび》に「ガブッ！」とかみついた。

「痛《いた》っ！」

ママの短《みじか》い悲鳴《ひめい》に、まぐがびくっと体《からだ》を硬《かた》くする。

勉強《べんきょう》していた美花《みか》と純《じゅん》も、びっくりしてリビングの方《ほう》を振《ふ》り返《かえ》る。

「ママ、大丈夫《だいじょうぶ》!?」

美花《みか》は急《いそ》いでママのところに駆《か》け寄《よ》るけど、どうしていいかわからない。ママ自身《じしん》も一瞬《いっしゅん》、何《なに》が起《お》こったのかわからなかったみたいだけど、すぐに痛《いた》みを感《かん》じる指先《ゆびさき》に目《め》をやると、見《み》る見《み》るうちに指先《ゆびさき》から血《ち》があふれ出《で》てくる。まぐが勢《いきお》いよくかみすぎて、ママの人差《ひとさ》し指《ゆび》を切《き》ってしまったようだ。

「うわぁ、やっちゃった！　まぐ、ごめんね、びっくりしたね」

ママは急《いそ》いで洗面所《せんめんじょ》に行《い》って、流《なが》れ出《で》ている血《ち》を洗《あら》い流《なが》し、絆創膏《ばんそうこう》を指《ゆび》にまきつける。

「ママが最初《さいしょ》にルールを破《やぶ》っちゃったね。ごめんね、美花《みか》、純《じゅん》。でも、やっぱりまだ早《はや》かったことがよくわかったね。ふたりとも、気《き》をつけようね」

「わかった。ママ、痛《いた》い？」

「大丈夫《だいじょうぶ》だよ」

念《ねん》のため病院《びょういん》に行《い》ってみてもらったけど、結局《けっきょく》、傷《きず》は大《たい》したことはなかった。ママとしては、傷《きず》の痛《いた》みよりもまぐを驚《おどろ》かせてしまって申《もう》し訳《わけ》ない気持《きも》ちでいっぱいだ。

子猫《こねこ》は生後一《せいごいっ》か月《げつ》から三《さん》か月《げつ》の間《あいだ》にお母《かあ》さん猫《ねこ》からいろんなことを教《おし》えてもらったり、兄弟猫《きょうだいねこ》たちとじゃれ合《あ》ったり、取《と》っ組《く》みあいのケンカをしたりしていろんなことを覚《おぼ》えていく。かまれたり、ひっかかれたりして「痛《いた》い」ということも体《からだ》で覚《おぼ》えていく。小《ちい》さいころに「かんだら痛《いた》い」ことを体《からだ》で覚《おぼ》えた猫《ねこ》は、遊《あそ》びのときは本気《ほんき》ではかまないで、ちょっと歯《は》を立《た》てるだけの「甘《あま》がみ」をする。

でも、まぐのようにペットショップで売《う》られているブランド猫《ねこ》は、生《う》まれて間《ま》もなくするとお母《かあ》さん猫《ねこ》やきょうだい猫《ねこ》と離《はな》ればなれになってしまう。だから、じゃれて遊《あそ》んでいるつもりでも、手加減《てかげん》を知《し》らない。まぐも、ペットショップでもともとの飼《か》い主《ぬし》さんのところでも、子猫《こねこ》らしい遊《あそ》びをさせてもらえなかったから、手加減《てかげん》がわからない。

「まぐは年齢《ねんれい》はもう充分《じゅうぶん》おとなだけど、小《ちい》さいときにいろんなことを経験《けいけん》できなかったから、まだまだ猫修行中《ねこしゅぎょうちゅう》なのね」

「ふ～ん。じゃあ、小《ちい》さい子《こ》と同《おな》じだね」

純《じゅん》がいう。

「そうだよ。人間《にんげん》の子供《こども》だって、幼稚園《ようちえん》や保育園《ほいくえん》で他《ほか》の子供《こども》とどうやってふれ合《あ》うのか、遊《あそ》びながら学《まな》んでいくでしょ。だから、まぐのこと、ふたりとも優《やさ》しく見守《みまも》ってあげてね」

「わかった！」

まぐとは本当《ほんとう》にちょっとずつ、仲良《なかよ》くなっていかないといけないんだなと、美花《みか》は改《あらた》めて思《おも》う。友達《ともだち》にも早《はや》くまぐを見《み》せてあげたいけど、もうちょっとがまんかな。

まぐが来《き》てから一年後《いちねんご》。平野《ひらの》さんが久《ひさ》しぶりに美花《みか》たちのうちにやってきた。この一年《いちねん》、ママはメールやツイッターを通《とお》してエミさんや平野《ひらの》さんにまぐの様子《ようす》を伝《つた》えてきた。まぐが少《すこ》しずつ家族《かぞく》の輪《わ》に溶《と》け込《こ》んでいく様子《ようす》を見《み》て、エミさんもほっとしているようだ。

平野《ひらの》さんが来《き》て少《すこ》し緊張《きんちょう》したのか、まぐはコタツに隠《かく》れていたけど、しばらくすると「大丈夫《だいじょうぶ》」と思《おも》ったみたいで、コタツから出《で》てきた。

「ベランダにすごく立派《りっぱ》なジャングルジムがありますね！」

ベランダに目《め》をやって、平野《ひらの》さんがいう。

「これ、子供《こども》たちが小《ちい》さいころに使《つか》っていたブランコやジャングルジムを組《く》み合《あ》わせて、まぐ用《よう》においたんです。まぐはいつも一番高《いちばんたか》いところに登《のぼ》って、空《そら》を見《み》ているんですよ」

「まぐくん、前《まえ》の飼《か》い主《ぬし》さんのところでずっと外《そと》を見《み》てたから……」

「習慣《しゅうかん》になっているのかもしれないですね。結局《けっきょく》、ジャングルジムはどうでもよくて、まぐにとってはあの高《たか》い部分《ぶぶん》さえあればよかったみたいです」

「いろいろと工夫《くふう》してくださって、ありがとうございます。まぐくんもご家族《かぞく》の愛情《あいじょう》がわかっているると思《おも》いますよ」

「ジャンプ力《りょく》はすごいんですよ。部屋《へや》の中《なか》でも高《たか》いところによく登《のぼ》っています。でも下《お》りるのが苦手《にがて》で、にゃーにゃー鳴《な》いて下《お》ろしてくれっていうんです」

ママの話《はなし》から、まぐが猫《ねこ》らしく日々《ひび》を送《おく》っているのを感《かん》じて平野《ひらの》さんはほっとした様子《ようす》だ。

「ごはんは誰《だれ》があげているんですか」

平野《ひらの》さんが聞《き》くと、美花《みか》が「はい！」と手《て》を上《あ》げる。

「ごはん係《がかり》は私《わたし》。遊《あそ》び係《がかり》は純《じゅん》。おやつ係《がかり》はパパ。ママは全部《ぜんぶ》やる係《かかり》！」

「えらいね、美花《みか》ちゃん」

「ごはんをあげるときは、まぐに『ごはん欲《ほ》しい？』って聞《き》くの。そうすると、まぐが『にゃ～』って返事《へんじ》をするんだよ」

「へえ、さすがオシキャットね、頭《あたま》がいいんだ！」

美花《みか》はさっそくまぐを呼《よ》んで、「ごはん欲《ほ》しい？」と聞《き》く。すると、まぐが「にゃ～」と返事《へんじ》をする。すっかりコミュニケーションがとれている。

「パパにもうすっかりなついてるんだよ」

純《じゅん》が平野《ひらの》さんに説明《せつめい》する。

「パパはおやつをくれるから、まぐもパパにはすごく甘《あま》えるの」

美花《みか》がつけ加《くわ》える。

「まぐが布団《ふとん》に入《はい》ってくると、毛《け》が顔《かお》にあたってくすぐったいんだ」

今度《こんど》は純《じゅん》がいう。

「まぐと一緒《いっしょ》に寝《ね》てるの？」

「うん。夏《なつ》は布団《ふとん》の上《うえ》で寝《ね》てるんだけど、冬《ふゆ》になると布団《ふとん》の中《なか》に入《はい》ってくるの」

今度《こんど》は美花《みか》。ふたりともまぐの話《はなし》をしたくて仕方《しかた》がない様子《ようす》だ。

「これからもずっと、まぐくんのことをよろしくね」

平野《ひらの》さんが、感謝《かんしゃ》の気持《きも》ちを込《こ》めて美花《みか》たちにいう。

「もちろん！　まぐは、私《わたし》たちの大切《たいせつ》な家族《かぞく》だもん！」

まぐは美花《みか》たちのうちに来《き》てようやく、猫《ねこ》らしい生《い》き方《かた》をすることができるようになった。もう、ライくん時代《じだい》の寂《さび》しかったオシキャットは、ここにはいない。


【『本当《ほんとう》の家族《かぞく》』―まぐのこと―・おわり】

まぐのアルバム

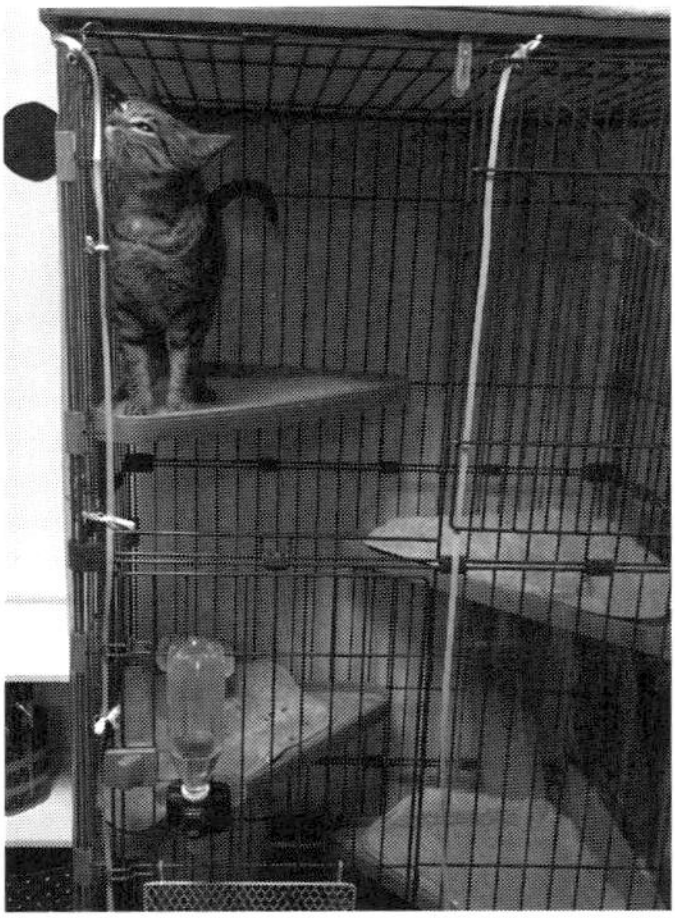

エミさんからもらったケージ、
今《いま》も使《つか》っています！

美花《みか》ちゃんたちが一目《ひとめ》ぼれした
里親《さとおや》募《ぼ》集中《しゅうちゅう》のまぐの写真《しゃしん》。

ママに抱《だ》っこしてもらって、ちょっと誇《ほこ》らしげ？

抱《だ》っこされて、
気持《きも》ちよさそうにスヤスヤ。

ぬいぐるみと遊《あそ》び疲《つか》れて、一緒《いっしょ》に寝《ね》ちゃいました。

純《じゅん》くんと猫流《ねこりゅう》のあいさつ
「鼻《はな》キッス」♪

美花《みか》ちゃんとまぐ。ずっと一緒《いっしょ》だよ！

まぐについて書《か》いた美花《みか》ちゃんの
夏休《なつやす》みの自由研究《じゆうけんきゅう》ノート。

ほんとうは野良猫《のらねこ》なんていない
―猫《ねこ》の歴史《れきし》―

猫《ねこ》コラム 1

1 猫《ねこ》のご先祖《せんぞ》さま

いろんなネコたちがいるなかで
人《ひと》と仲良《なかよ》くなったネコが、今《いま》みんなの
まわりにいるイエネコのご先祖《せんぞ》さま。

2 人《ひと》のために大活躍《だいかつやく》！

穀物《こくもつ》など人《ひと》の食《た》べ物《もの》を
ネズミなどから守《まも》るかわりに、
人《ひと》からごはんや安全《あんぜん》な
寝床《ねどこ》をもらいました。

3 海《うみ》を渡《わた》って日本《にほん》へ

船《ふね》に乗《の》せた大切《たいせつ》な書物《しょもつ》な
どをネズミから守《まも》るため
に、中国《ちゅうごく》から日本《にほん》に連《つ》れて
こられました。

4 大切《たいせつ》なパートナー

平安時代《へいあんじだい》には、お姫《ひめ》さまたちの大切《たいせつ》な友《とも》だちに。

5 そしてやってきたペットブーム

明治時代以降《めいじじだいいこう》、ペットブームが起《お》こり、やがて猫《ねこ》もブリーダーによって“商品《しょうひん》”として増《ふ》やされるように。でも、「飽《あ》きた」といって捨《す》てる人《ひと》、「作《つく》りすぎた」といって捨《す》てる人《ひと》が増《ふ》えて———

野良猫《のらねこ》に。

6 みんな不幸《ふこう》！

車《くるま》にひかれたり

カラスに襲《おそ》われたり

ドロボウをしたり…

人《ひと》のおうちを勝手《かって》にトイレにしたり

自然界《しぜんかい》の生態系《せいたいけい》を乱《みだ》したり

人《ひと》が捨《す》てなければ、野良猫《のらねこ》は生《う》まれませんでした。
イエネコは野生動物《やせいどうぶつ》ではなく、人《ひと》と一緒《いっしょ》に暮《く》らす動物《どうぶつ》です。

『切《き》れた首《くび》輪《わ》と、つながった糸《いと》』

——ミクロのこと——

萌香《もゆか》がはじめてその大《おお》きな白黒《しろくろ》の猫《ねこ》を見《み》たのは、小学六年生《しょうがくろくねんせい》の夏《なつ》が始《はじ》まったばかりのころだった。少《すこ》し動《うご》くと、すぐに汗《あせ》ばんでくるような季節《きせつ》だ。

萌香《もゆか》の家《いえ》の隣《となり》には、猫好《ねこず》きの間《あいだ》ではちょっと有名《ゆうめい》なカフェがある。猫《ねこ》がお店《みせ》にいてお客《きゃく》さんが猫《ねこ》たちと遊《あそ》べるカフェを「猫《ねこ》カフェ」というけど、萌香《もゆか》の家《いえ》の隣《となり》は、もう二十年《にじゅうねん》もそういうカフェをやっている猫《ねこ》カフェのさきがけのようなお店《みせ》だ。

でも、オーナーの美恵《みえ》さんはこの店《みせ》を「猫《ねこ》カフェ」とはいわない。

「うちはね、『運《うん》が良《よ》ければ猫《ねこ》に会《あ》えるかもしれないカフェ』だから」

と、いつもいっている。美恵《みえ》さんがいうには、猫《ねこ》を見《み》せるためとか、猫《ねこ》にお客《きゃく》さんの相手《あいて》をさせるためのカフェではないからだそう。美恵《みえ》さんにとって、猫《ねこ》はいて当《あ》たり前《まえ》の存在《そんざい》。だから、自分《じぶん》が経営《けいえい》するカフェにも当然《とうぜん》、猫《ねこ》がいる。ただそれだけのことらしい。

美恵《みえ》さんのさばさばした性格《せいかく》と、具材《ぐざい》で猫《ねこ》の顔《かお》を作《つく》ったカレーや猫《ねこ》の肉球形《にくきゅうがた》の白玉団子《しらたまだんご》のデザートなどの楽《たの》しいメニュー、オリジナルの猫《ねこ》グッズ、そして店《みせ》のあちこちを自由気《じゆうき》ままに動《うご》き回《まわ》っている猫《ねこ》たちにひかれて、毎日《まいにち》たくさんのお客《きゃく》さんが店《みせ》を訪《おとず》れる。外国《がいこく》からのお客《きゃく》さんも多《おお》く、ちょっとした観光《かんこう》スポットになっている。

萌香《もゆか》の部屋《へや》はちょうど、その『運《うん》が良《よ》ければ猫《ねこ》に会《あ》えるかもしれないカフェ』の二階《にかい》のテラス席《せき》と向《む》かい合《あ》わせの位置《いち》にあって、窓《まど》を開《あ》けていると萌香《もゆか》の部屋《へや》もテラス席《せき》から丸見《まるみ》えになる。テラスといってもドアも窓《まど》もある日《ひ》あたりのいい小部屋《こべや》だ。外《そと》からテラス席《せき》へと続《つづ》く階段《かいだん》は見《み》えるけど、その先《さき》にあるドアまでは萌香《もゆか》の部屋《へや》からは見《み》えない造《つく》りになっている。でも、ドアより手前《てまえ》にある窓越《まどご》しに、テラス席《せき》の室内《しつない》を覗《のぞ》くことができる。だから、カフェのテラス席《せき》にお客《きゃく》さんがたくさんいるような日《ひ》には、萌香《もゆか》は部屋《へや》の窓《まど》とカーテンを閉《し》めているけど、誰《だれ》もいないとわかる日《ひ》は、窓《まど》を開《あ》けて部屋《へや》の空気《くうき》を入《い》れ替《か》える。

テラスの柱《はしら》や階段《かいだん》の手《て》すりには蔦《つた》が生《お》い茂《しげ》り、夏《なつ》でも自然《しぜん》の木陰《こかげ》になっていて、萌香《もゆか》の部屋《へや》にも涼《すず》しい風《かぜ》が入《はい》ってくる。それに、窓《まど》を開《あ》けておくとときどき、美恵《みえ》さんの飼《か》い猫《ねこ》たちが萌香《もゆか》の部屋《へや》にも遊《あそ》びにきてくれる。部屋《へや》の空気《くうき》を入《い》れ替《か》えるというのは本当《ほんとう》は口実《こうじつ》で、猫《ねこ》たちに遊《あそ》びにきてもらいたくて部屋《へや》の窓《まど》を開《あ》けているようなものだ。

その日《ひ》も、萌香《もゆか》は猫《ねこ》たちが遊《あそ》びにきてくれることを期待《きたい》しながら、窓《まど》を開《あ》けた。夕方五時《ゆうがたごじ》で、カフェもそろそろ閉店《へいてん》するころ。お客《きゃく》さんはまだ一階席《いっかいせき》にはいるみたいだけど、テラス席《せき》はしんとしている。

萌香《もゆか》はいつもみたいに、そろっと窓《まど》を開《あ》けた。すると萌香《もゆか》の目《め》の前《まえ》を、それはそれは大《おお》きな白黒《しろくろ》の猫《ねこ》がのっしのっしと通《とお》っていった。そして、萌香《もゆか》が窓《まど》を開《あ》けたのに気《き》づくと、その猫《ねこ》は歩《ある》くのをやめてぐるりと顔《かお》をこちらに向《む》けて、萌香《もゆか》の顔《かお》をじっと見《み》つめた。思《おも》わず、猫《ねこ》と目《め》が合《あ》ってしまった萌香《もゆか》。

（か、顔《かお》が…顔《かお》が大《おお》きすぎ！）

萌香《もゆか》は、ちょっとあっけにとられてしまった。だって、あんな大《おお》きな顔《かお》の猫《ねこ》、見《み》たことがなかったから。

「あ、こんにちは」

猫《ねこ》にいう挨拶《あいさつ》かどうかわからないけど、なんとなくそんな風《ふう》にいわなきゃいけないような気《き》がして、萌香《もゆか》はとっさにいった。その猫《ねこ》には、今《いま》まで見《み》たことがないようなすごみというか、貫禄《かんろく》があった。

するとその巨大《きょだい》な猫《ねこ》は「ふん」といった感《かん》じで、また前《まえ》を向《む》いてのっしのっしと階段《かいだん》を上《のぼ》ってテラス席《せき》へと入《はい》っていった。

(あの猫《ねこ》、はじめて見《み》るかも。体《からだ》も大《おお》きいけど、あの顔《かお》はすごかったな)

実《じつ》は、美恵《みえ》さんのカフェは十二歳以下《じゅうにさいいか》の子供《こども》は入《はい》れないことになっている。猫《ねこ》を飼《か》ったことがない家《いえ》の子供《こども》は猫《ねこ》の扱《あつか》い方《かた》をよく知《し》らなくて、乱暴《らんぼう》に触《さわ》ってしまったり、猫《ねこ》が嫌《いや》がることをしたりすることがある。猫《ねこ》たちもそれをよく知《し》っていて、子供《こども》が来《く》ると隠《かく》れてしまう。それで美恵《みえ》さんが、小《ちい》さな子供《こども》は入《はい》れないという決《き》まりを作《つく》った。

萌香《もゆか》はまだ六年生《ろくねんせい》で十一歳《じゅういっさい》だから、美恵《みえ》さんのカフェには入《はい》れない。生《う》まれた時《とき》からこのカフェの隣《となり》に住《す》んでいて猫《ねこ》にも慣《な》れっこだけど、決《き》まりは決《き》まりだから守《まも》っている。

「十二歳《じゅうにさい》になったら、入《はい》っていいんでしょ?」

「十二歳《じゅうにさい》になったらね」

萌香《もゆか》と美恵《みえ》さんの約束《やくそく》だ。とりあえず、あと半年《はんとし》のガマン。

まだカフェには入《はい》れない萌香《もゆか》だけど、猫《ねこ》の方《ほう》から萌香《もゆか》の部屋《へや》に遊《あそ》びにきてくれるから、今《いま》はそれで満足《まんぞく》している。隣《となり》の家《いえ》だし、猫《ねこ》たちは萌香《もゆか》の部屋《へや》を自分《じぶん》たちの家《いえ》の一部《いちぶ》と思《おも》っているみたいで、入《はい》りたい時《とき》に勝手《かって》にどんどん入《はい》ってくる。だから、萌香《もゆか》は美恵《みえ》さんの猫《ねこ》たちのことはみんな顔《かお》も名前《なまえ》も知《し》っている。甘《あま》えん坊《ぼう》とかのんびり屋《や》さんとかそれぞれの性格《せいかく》もよく知《し》っている。

でも、今《いま》さっき堂々《どうどう》とテラスに入《はい》っていった猫《ねこ》のことははじめて見《み》る。

(美恵《みえ》さんのところの新《あたら》しい猫《ねこ》かな？　ちょっと年《とし》をとってるみたいだけど)

その日《ひ》はテラス席《せき》には他《ほか》の猫《ねこ》たちはいなかったみたいで、萌香《もゆか》が窓《まど》を開《あ》けても誰《だれ》も入《はい》ってこなかった。

(さっきの猫《ねこ》にびっくりして、他《ほか》の子《こ》たち、逃《に》げちゃったのかな？)

猫《ねこ》たちが遊《あそ》びにきてくれなくて残念《ざんねん》だけど、猫《ねこ》がいたらいたで遊《あそ》んでしまって宿題《しゅくだい》をする時間《じかん》がなくなってしまう。今日《きょう》は国語《こくご》と算数《さんすう》の宿題《しゅくだい》があって忙《いそが》しいから、ちょうどよかったのかもしれない。夕食前《ゆうしょくまえ》に終《お》わらせないと、またママに怒《おこ》られてしまう。

泥棒猫《どろぼうねこ》

次《つぎ》の日《ひ》、学校《がっこう》から帰《かえ》ってくると、美恵《みえ》さんが店《みせ》の前《まえ》まで出《で》てお客《きゃく》さんをお見送《みおく》りしているのが見《み》えた。

(昨日《きのう》の猫《ねこ》のこと、美恵《みえ》さんに聞《き》いてみようっと)

そう思《おも》って、萌香《もゆか》は自分《じぶん》の家《いえ》を通《とお》り越《こ》して美恵《みえ》さんのところまで走《はし》って行《い》った。萌香《もゆか》の家《いえ》や美《み》恵《え》さんのカフェは坂《さか》の途中《とちゅう》にある。坂道《さかみち》を走《はし》って上《のぼ》ると、途中《とちゅう》で息《いき》が切《き》れたようにぜいぜいってしまう。

「もゆ、おかえり！　慌《あわ》ててどうしたの？」

「ただいま、美恵《みえ》さん」

萌香《もゆか》が生《う》まれたときから知《し》っている美恵《みえ》さんにとって、萌香《もゆか》は年《とし》の離《はな》れた妹《いもうと》みたいなものだ。

美恵《みえ》さんは写真《しゃしん》を撮《と》るのが上手《じょうず》で、萌香《もゆか》が七五三《しちごさん》のときの写真《しゃしん》や小学校《しょうがっこう》に入学《にゅうがく》したときの写真《しゃしん》も美恵《みえ》さんが撮《と》ってくれた。萌香《もゆか》がテストで百点《ひゃくてん》をとったときは抱《だ》きしめてよろこんでくれるし、悪《わる》いことをすると叱《しか》ってくれる。友達《ともだち》とケンカしたとか小《ちい》さな悩《なや》み事《ごと》があるときも、美恵《みえ》さんは真剣《しんけん》に聞《き》いてくれるし、励《はげ》ましてくれる。

「あのね、昨日《きのう》テラスに大《おお》きな白黒猫《しろくろねこ》がいたけど、あれって美恵《みえ》さんの新《あたら》しい猫《ねこ》？」

「ああ、あいつね。あいつはね、泥棒猫《どろぼうねこ》なのよ」

「泥棒《どろぼう》!?」

「そう、うちの猫《ねこ》じゃないんだけど、最近《さいきん》こっそりうちに来《き》て、うちの子《こ》たちのごはんを盗《ぬす》み食《ぐ》いするようになった野良猫《のらねこ》なの」

「そうなんだ」

「あいつが来《く》ると、みんな怖《こわ》がってテラスからいなくなっちゃうの」

「うん、萌香《もゆか》が窓《まど》を開《あ》けても昨日《きのう》は誰《だれ》も入《はい》ってこなかったよ」

「でしょ？　あの白黒《しろくろ》ね、ミクロっていうんだけど、このあたりじゃかみつき凶暴猫《きょうぼうねこ》っていわれてるみたいなの」

「えー、そうなの!?　今《いま》までいなかったよね？」

「うん。もともとミクロは隣町《となりまち》の猫《ねこ》だったからね。でも、最近《さいきん》、信号《しんごう》を渡《わた》ってこっちまで来《く》るようになったの」

「隣町《となりまち》から歩《ある》いてくるの？　信号《しんごう》を渡《わた》って？」

「そう、信号《しんごう》をふたつも渡《わた》ってくるんだよ。この前《まえ》、隣町《となりまち》のスーパーの前《まえ》でミクロを見《み》たから、確《たし》かだよ」

「危《あぶ》ないね」

「うん。事故《じこ》にあわないか、それが心配《しんぱい》」

泥棒猫《どろぼうねこ》といっておきながら、その猫《ねこ》の心配《しんぱい》をしている美恵《みえ》さんが萌香《もゆか》にはちょっとおかしかった。美恵《みえ》さんにとってはどこのどんな猫《ねこ》であっても、みんな大切《たいせつ》な存在《そんざい》なのだ。猫《ねこ》は自由《じゆう》な生《い》き物《もの》だから、盗《ぬす》み食《ぐ》いをしても美恵《みえ》さんは決《けっ》して怒《おこ》らないし、追《お》い出《だ》すようなこともしない。美恵《みえ》さんはいつも、自分《じぶん》のこと以上《いじょう》に猫《ねこ》の気持《きも》ちを大事《だいじ》にする。

「うちに盗《ぬす》み食《ぐ》いにきていることは知《し》ってるんだけどさ、気《き》づかないふりをしてあげてるの。おなかをすかせてるだろうから」

美恵《みえ》さんは猫《ねこ》にはとことん優《やさ》しい。美恵《みえ》さんにとっては、飼《か》い猫《ねこ》も野良猫《のらねこ》も泥棒猫《どろぼうねこ》も、みんな同《おな》じ大切《たいせつ》な猫《ねこ》なのだ。

「あの猫《ねこ》、かみつくの？」

萌香《もゆか》が聞《き》いた。

「そうらしいよ。この近所《きんじょ》にミクロにエサをあげているおばさんが何人《なんにん》かいるんだけど、怖《こわ》くて誰《だれ》も触《さわ》れないんだって」

「さっきから気《き》になるんだけど、ミクロって名前《なまえ》……」

「ああ、ミクロって小《ちい》さいって意味《いみ》だもんね。あいつはどっちかっていうとマクロだよね。大《おお》きいって意味《いみ》の」

「そう、それ！」

「耳《みみ》が黒《くろ》いから、ミミクロで、ミクロってなったみたい。もともとミクロを飼《か》っていたおばあさんがつけた名前《なまえ》らしいの。私《わたし》もはじめてミクロっていう名前《なまえ》を聞《き》いたとき、全然《ぜんぜん》小《ちい》さくないじゃん、って思《おも》ったよ」

美恵《みえ》さんがおかしそうに笑《わら》いながらいう。

「ほんとだね。なんか大《おお》きいモップみたいな猫《ねこ》だよね」

萌香《もゆか》も昨日《きのう》見《み》たあの巨大《きょだい》な白黒《しろくろ》の塊《かたまり》を思《おも》い出《だ》して、思《おも》わず笑《わら》ってしまった。

野良猫《のらねこ》になったミクロ

それから萌香《もゆか》はちょくちょくミクロを見《み》かけるようになった。泥棒猫《どろぼうねこ》なのに、美恵《みえ》さんのカフェのテラス席《せき》にどでーんと寝《ね》そべりかえって、気持《きも》ちよさそうに夕日《ゆうひ》を浴《あ》びていることもあれば、萌香《もゆか》たちの家《いえ》がある坂道《さかみち》をのっしのっしと歩《ある》いている姿《すがた》を見《み》たこともあった。

萌香《もゆか》とたまに目《め》が合《あ》うこともあるけど、ミクロは「お前《まえ》なんか知《し》らん」といったふてぶてしい顔《かお》をして、萌香《もゆか》を無視《むし》して歩《ある》いていってしまう。目《め》つきが悪《わる》くて、妙《みょう》な貫禄《かんろく》がある。

(確《たし》かに顔《かお》は怖《こわ》いし体《からだ》も大《おお》きいけど、悪《わる》いヤツじゃなさそう)

エサやりのおばさんたちは怖《こわ》いといっているらしいけど、萌香《もゆか》はなぜだかミクロを怖《こわ》いと思《おも》ったことがない。まだ萌香《もゆか》は一度《いちど》もミクロから「シャーッ」といって威嚇《いかく》されたことがないからかもしれない。

(ミクロにはミクロなりの理由《りゆう》があって、みんなに怖《こわ》い風《ふう》に見《み》せているのかも)

萌香《もゆか》はそんな気《き》がしてならない。それをある日《ひ》、美恵《みえ》さんに話《はな》してみた。

「ミクロって、本当《ほんとう》は寂《さび》しいだけなんじゃないかな。強《つよ》がってるっていうか」

「もゆもそう思《おも》う？　実《じっ》は私《わたし》も」

そういって美恵《みえ》さんが、エサやりをしているおばさんたちから聞《き》いてきたというミクロの話《はなし》を教《おし》えてくれた。

ミクロはもともと、隣町《となりまち》にひとりきりで住《す》んでいたおばあさんが飼《か》っていた猫《ねこ》だった。おばあさんに飼《か》われていたころのミクロはまだ生後一年《せいごいちねん》くらいで、ミクロの名前《なまえ》にふさわしい小《ちい》さい猫《ねこ》だった。

おばあさんと仲良《なかよ》くひとりと一匹《いっぴき》で暮《く》らしていたミクロだったけど、ある日《ひ》、おばあさんが急《きゅう》に亡《な》くなってしまった。おばあさんはもうずいぶん年《とし》をとっていたから、そういう日《ひ》が来《く》ることは親戚《しんせき》の人《ひと》も近所《きんじょ》の人《ひと》も知《し》っていたのだろう。

おばあさんが亡《な》くなると、親戚《しんせき》の人《ひと》はおばあさんが住《す》んでいた家《いえ》を壊《こわ》して、土地《とち》を売《う》ることに決《き》めてしまった。でも、おばあさんの親戚《しんせき》の人《ひと》の中《なか》には、ミクロを引《ひ》き取《と》ってくれる人《ひと》はいなかった。それで、ミクロをおばあさんの家《いえ》の前《まえ》にそっと置《お》いていってしまったのだ。おばあさんがミクロのためにつけた赤《あか》い首輪《くびわ》をつけたまま、ミクロはその日《ひ》から野良猫《のらねこ》になった。

ミクロが捨《す》てられたことを知《し》った近所《きんじょ》の人《ひと》たちがエサをくれたので、ミクロはなんとか生《い》き延《の》びることができた。でも、みんなそれぞれの家《いえ》の事情《じじょう》から、ミクロを飼《か》うことはできなかった。

おばあさんが亡《な》くなってしばらくの間《あいだ》、ミクロは家《いえ》の中《なか》に入《はい》りたくて家《いえ》の周《まわ》りをうろうろしながら鳴《な》いてばかりいた。おばあさんが家《いえ》の中《なか》に入《い》れてくれると思《おも》っていた。でも、夜《よる》

になっても家《いえ》は真《ま》っ暗《くら》。声《こえ》がかれるまで鳴《な》いてもおばあさんは出《で》てこなかった。もうその家《いえ》には誰《だれ》も住《す》んでいないのだから、当《あ》たり前《まえ》だ。

それからしばらくして家《いえ》が壊《こわ》されて、土地《とち》が売《う》りに出《だ》された。ミクロはそれでもおばあさんがどこかにいるんじゃないかと思《おも》うのか、家《いえ》のあった場所《ばしょ》から離《はな》れようとしなかった。そのうち、その場所《ばしょ》に駐車場《ちゅうしゃじょう》ができて、車《くるま》の出入《でい》りが多《おお》くなってきた。もうミクロが知《し》っているおばあさんの家《いえ》のにおいはその場所《ばしょ》にはなくなってしまった。

ミクロは近所《きんじょ》のスーパーの裏側《うらがわ》に自分《じぶん》の住処《すみか》を移《うつ》した。でも、一日《いちにち》に一回《いっかい》はおばあさんと一緒《いっしょ》に住《す》んでいた家《いえ》のあったあたりまで行《い》って、じっとしている。

そんなミクロがかわいそうで、エサをあげている近所《きんじょ》の人《ひと》のひとりがミクロの頭《あたま》をなでてあげようとしたことがあった。

するとミクロは「シャーッ」と鋭《するど》い威嚇《いかく》の声《こえ》を出《だ》してその人《ひと》をひっかいた。いつもエサをあげているから大丈夫《だいじょうぶ》だと思《おも》ったのに、ミクロはその人《ひと》にまったく気《き》を許《ゆる》していなかったのだ。

ミクロにとって唯一《ゆいいつ》の家族《かぞく》は亡《な》くなったおばあさんだった。ミクロにはおばあさんだけが頼《たよ》りだったし、おばあさんが恋《こい》しかった。

でも、そのおばあさんがある日《ひ》、突然《とつぜん》いなくなってしまって、ミクロは不安《ふあん》で仕方《しかた》がなかった。

慣《な》れない外《そと》での生活《せいかつ》が始《はじ》まり、必死《ひっし》で生《い》きていた。雨《あめ》に濡《ぬ》れて寒《さむ》い思《おも》いをしたこともあるし、もう少《すこ》しで車《くるま》にひかれそうになったこともある。先輩《せんぱい》の野良猫《のらねこ》たちともよくケンカをして、体中《からだじゅう》ケガばかりしていた。毎日《まいにち》が緊張《きんちょう》の連続《れんぞく》で、ミクロの神経《しんけい》はすり減《へ》っていた。

おばあさん以外《いがい》はみんな敵《てき》に見《み》える。自分《じぶん》に危害《きがい》を加《くわ》えるんじゃないかと思《おも》ってしまう。だから、手《て》が伸《の》びてきたら自分《じぶん》の身《み》を守《まも》ろうと必死《ひっし》で「シャーッ」と威嚇《いかく》の声《こえ》を出《だ》して、相手《あいて》を脅《おど》す。ミクロは誰《だれ》にも心《こころ》を許《ゆる》さなかった。

野良猫《のらねこ》になったばかりのころはまだ小《ちい》さかったミクロも、月日《つきひ》がたつにつれてどんどん成長《せいちょう》していった。男《おとこ》の子《こ》だし、もともとしっかりとした骨格《こっかく》の猫《ねこ》で、大柄《おおがら》だったのだろう。エサをくれる人《ひと》たちもいて、どんどん大《おお》きくなっていった。

大《おお》きくなっていったのは体《からだ》だけではない。顔《かお》も大《おお》きくなっていった。

ミクロはおばあさんがつけた赤《あか》い首輪《くびわ》をしたまま成長《せいちょう》した。おばあさんが生《い》きていれば、ミクロが大《おお》きくなるにつれてミクロにあった大《おお》きさの首輪《くびわ》につけかえてくれたはず。でも、おばあさんはミクロが小《ちい》さいうちに亡《な》くなってしまった。だから、ミクロの成長《せいちょう》にあわせて首輪《くびわ》をつけかえてくれる人《ひと》は誰《だれ》もいなかった。

首《くび》だって体《からだ》の成長《せいちょう》と一緒《いっしょ》にどんどん太《ふと》くなっているはずなのに、首輪《くびわ》だけは子猫《こねこ》のときのサイズのままだった。だから、体《からだ》と頭《あたま》の間《あいだ》にある首《くび》だけがやけに細《ほそ》くて、へんてこなバランスになってしまった。

成長《せいちょう》するにつれて首《くび》が締《し》めつけられて、息苦《いきぐる》しくなっていくミクロ。もしかしたら、ミクロがエサをくれる人《ひと》たちの誰《だれ》にも心《こころ》を許《ゆる》さなかったのは、いつも苦《くる》しい気持《きも》ちでいたからかもしれない。自分《じぶん》を苦《くる》しめる何《なに》かがある。でも、ミクロにはその正体《しょうたい》はわからない。だから、周《まわ》りの人《ひと》も猫《ねこ》も、みんな敵《てき》に見《み》えていたのかもしれない。

大《おお》きくなるにつれて、ミクロの行動範囲《こうどうはんい》はだんだん広《ひろ》がっていった。最初《さいしょ》はおばあさんの家《いえ》からひとつ目《め》の信号《しんごう》まで。それから、信号《しんごう》を渡《わた》った隣町《となりまち》まで。さらにもうひとつ信号《しんごう》を渡《わた》って、萌《もゆ》香《か》たちの家《いえ》のあたりにまで現《あらわ》れるようになった。猫《ねこ》がいっぱいいて、いつもたくさん猫《ねこ》のごはんが用意《ようい》されている美恵《みえ》さんのカフェに行《い》くのが、次第《しだい》にミクロの日課《にっか》になっていった。それが、この春先《はるさき》のことだ。

最近《さいきん》では図々《ずうずう》しさを増《ま》して、ごはんをたらふく「盗《ぬす》み食《ぐ》い」した後《あと》で、ゆうゆうと美恵《みえ》さんのカフェの二階《にかい》のテラス席《せき》で過《す》ごしていくようになった。

「ひとり暮《ぐ》らしのお年寄《としよ》りが寂《さび》しくて猫《ねこ》を飼《か》うっていうのはよくある話《はなし》なんだけど、猫《ねこ》を残《のこ》して亡《な》くなってしまうっていうのも、これまたよくある話《はなし》なんだよね。ミクロの場合《ばあい》、親戚《しんせき》の人《ひと》が野《の》良《ら》にしたみたいだけど、猫《ねこ》によっては保健所《ほけんじょ》に連《つ》れていかれて、そこでもらってくれる人《ひと》が見《み》つからないと、殺処分《さつしょぶん》になっちゃうこともあるんだよね」

「さつしょぶんって？」

「殺《ころ》されちゃうってこと」

「そんな……」

「保健所《ほけんじょ》でも新《あたら》しい飼《か》い主《ぬし》さんを探《さが》してくれたり、ボランティア団体《だんたい》が引《ひ》き取《と》って新《あたら》しい飼《か》い主《ぬし》さんを探《さが》してくれたりする場合《ばあい》もあるから、保健所《ほけんじょ》に行《い》ったらみんな殺《ころ》されちゃうっていうわけじゃないの。でも、その可能性《かのうせい》もあるってこと」

美恵《みえ》さんがいうには、保健所《ほけんじょ》やボランティア団体《だんたい》によっては、お年寄《としよ》りやひとり暮《ぐ》らしの人《ひと》には猫《ねこ》を渡《わた》さないことにしているところもあるそうだ。万《まん》が一《いち》、猫《ねこ》より先《さき》に飼《か》い主《ぬし》さんが亡《な》くなってしまったら、その猫《ねこ》は行《い》き場《ば》を失《うしな》ってしまうから。飼《か》い主《ぬし》さんが亡《な》くなってもちゃんと面倒《めんどう》を見《み》てくれる人《ひと》がいる人《ひと》にしか、渡《わた》せないのだという。

「ただ飼《か》うとか、かわいがるっていうだけじゃ、ダメなんだね……」

「そりゃそうよ。命《いのち》なんだから」

「いのち……」

「そう、もゆの命《いのち》も、私《わたし》の命《いのち》も、ミクロの命《いのち》も、みんな同《おな》じだけ大切《たいせつ》な命《いのち》なんだよ」

今《いま》までそんなに真剣《しんけん》に猫《ねこ》の命《いのち》がどう扱《あつか》われているか、萌香《もゆか》は考《かんが》えたことがなかった。自分《じぶん》が考《かんが》えていた以上《いじょう》に、「重《おも》い」ことなのかもしれない。ミクロのことを知《し》らなければ、知《し》らずに終《お》わってしまったことかもしれない。

「そういえば、ミクロの首《くび》に赤《あか》いものが見《み》えると思《おも》ったら、そっか、首輪《くびわ》だよね。毛《け》に埋《う》もれてよくわからなかったけど」

萌香《もゆか》はミクロの姿《すがた》を思《おも》い出《だ》しながらいった。このところ、美恵《みえ》さんのカフェでの滞在時間《たいざいじかん》が長《なが》くなってきているミクロだが、今日《きょう》はまだ現《あらわ》れていない。

「あれね、とってあげないといけないと思《おも》ってるんだ。たぶんあれ、犬用《いぬよう》の首輪《くびわ》だと思《おも》うの」

猫《ねこ》のことならなんでも知《し》っている美恵《みえ》さんがいう。

「犬用《いぬよう》の首輪《くびわ》？」

「うん。革製《かわせい》だと思《おも》う。犬《いぬ》は散歩《さんぽ》のとき、首輪《くびわ》をぐいぐいひっぱって歩《ある》くから、ちょっとやそっとじゃ外《はず》れないような丈夫《じょうぶ》な首輪《くびわ》でないとダメなの。たぶんミクロがつけているのも、丈夫《じょうぶ》な犬用《いぬよう》の首輪《くびわ》だと思《おも》う。おばあさんが首輪《くびわ》だったら何《なん》でもいいと思《おも》ってつけちゃったのかもね」

「苦《くる》しいよね？」

「そりゃ、苦《くる》しいよ。おばあさんが生《い》きていたころ、ミクロはまだ一歳《いっさい》くらいだったっていうから、体《からだ》の長《なが》さは五十《ごじっ》センチになるかならないかくらいだったんじゃないかな。体重《たいじゅう》だって三《さん》キロちょっととか、それくらいじゃない？　でも、今《いま》はどう見《み》ても体長《たいちょう》は六十《ろくじっ》センチ以上《いじょう》ありそうだし、あれだけでっぷりしていれば八《はち》キロくらいあってもおかしくないと思《おも》うの。首《くび》だけあんなに細《ほそ》く締《し》めつけられていたら、息苦《いきぐる》しいと思《おも》うよ」

美恵《みえ》さんが眉間《みけん》にしわを寄《よ》せていう。

「ミクロって、何歳《なんさい》くらいなのかな？」

「おばあさんが亡《な》くなったのが、七年《ななねん》くらい前《まえ》らしいよ」

「えっ、じゃあ、七年《ななねん》も野良猫《のらねこ》をやってるの!?」

「そういうことになるよね。だとすると、今《いま》は八歳《はっさい》くらいかな」

猫《ねこ》は、本来《ほんらい》は人間《にんげん》に飼《か》われている動物《どうぶつ》。野生動物《やせいどうぶつ》じゃない。もともと野良猫《のらねこ》なんていなかったのに、捨《す》てる人《ひと》がいるから外《そと》に猫《ねこ》がいるようになってしまった。

外《そと》の世界《せかい》は車《くるま》もたくさん走《はし》っているし、猫《ねこ》にとっては危険《きけん》がいっぱいだ。地域《ちいき》の人《ひと》がエサをくれるようなところに住《す》んでいる野良猫《のらねこ》はなんとか生《い》きていけるけど、誰《だれ》もエサをくれないようなところに住《す》んでいる野良猫《のらねこ》はほんの数年《すうねん》くらいしか生《い》きられない。女《おんな》の子《こ》の猫《ねこ》だと、不妊手術《ふにんしゅじゅつ》をしないままで野良生活《のらせいかつ》をしていると、何度《なんど》も子供《こども》を産《う》んで体力《たいりょく》も栄養《えいよう》もなくなって三《さん》、四年《よねん》くらいで死《し》んでしまうこともある。小《ちい》さいころから野良猫《のらねこ》として生《い》きていくのはとても大変《たいへん》なことなんだと美恵《みえ》さんから聞《き》いていた萌香《もゆか》は、ミクロのあのふてぶてしい顔《かお》を思《おも》い出《だ》しながら、ミクロはとてもがんばって生《い》きているんだと思《おも》った。

「ミクロ、すごいね」

「うん。強《つよ》い子《こ》だと思《おも》うよ。必死《ひっし》で生《い》きてる」

「毛《け》とかぼろぼろだもんね。モップみたいだもん」

萌香《もゆか》には、ミクロは汚《よご》れてぼろぼろになったモップにしか見《み》えない。それくらい薄汚《うすよご》れていて、毛《け》も乱《みだ》れている。顔《かお》のあちこちに傷《きず》があって、他《ほか》の猫《ねこ》たちとケンカばかりしているんだろうなということもわかる。

「とにかくさ、あの首輪《くびわ》はなんとかしないといけないなと思《おも》って」

美恵《みえ》さんがもう一度《いちど》同《おな》じことをいう。美恵《みえ》さんほど行動力《こうどうりょく》も度胸《どきょう》もある女《おんな》の人《ひと》を、萌香《もゆか》は他《ほか》に知《し》らない。美恵《みえ》さんは肝《きも》っ玉姉《たまねえ》さんなのだ。

首輪大作戦《くびわだいさくせん》

次《つぎ》の日《ひ》、萌香《もゆか》が学校《がっこう》から戻《もど》ってくると、美恵《みえ》さんが手《て》に分厚《ぶあつ》いゴム付《つ》きの軍手《ぐんて》をはめて、目《め》には海《うみ》に潜《もぐ》るみたいなゴーグルをつけてお店《みせ》の前《まえ》に立《た》っていた。右手《みぎて》にはペンチを握《にぎ》りしめている。とても人気《にんき》のあるカフェのオーナーには見《み》えないかっこうだ。

「ただいま！　っていうか、美恵《みえ》さん、どうしたの、そのかっこう？」

「もゆ、おかえり！　ミクロが来《き》たら、捕《つか》まえて首輪《くびわ》を切《き》ってあげようと思《おも》って。なにせ評判《ひょうばん》の凶暴猫《きょうぼうねこ》だから、かまれたり、ひっかかれたりするかもしれないでしょ」

「うわ、さすが行動《こうどう》が早《はや》い！」

「ミクロはだいたいいつもこれくらいの時間《じかん》に来《く》るんだよね。食《く》いっぱぐれたらかわいそうだから、ごはんを食《た》べさせてから捕《つか》まえるつもり」

「いいけど、そんなかっこうでお店《みせ》の前《まえ》で待《ま》ち構《かま》えてたら、ミクロ、あやしく思《おも》って逃《に》げちゃうんじゃない？」

「そうかなぁ？　もゆがそういうなら……じゃあ、ちょっとミクロが来《く》るまで店《みせ》の中《なか》に引《ひ》っ込《こ》んでるよ。もゆの部屋《へや》から見《み》ていて、テラスにミクロが来《き》たら教《おし》えて」

「いいよ、わかった。じゃ、あとでね！」

「あ、でも、宿題優先《しゅくだいゆうせん》で！」

「はいはーい！」

「宿題優先《しゅくだいゆうせん》」という美恵《みえ》さんの言葉《ことば》に調子《ちょうし》よく返事《へんじ》をしたけど、これから何《なに》やらすごいことが起《お》こりそうな気《き》がして、たぶん宿題《しゅくだい》そっちのけになることは萌香《もゆか》もわかっている。

(宿題《しゅくだい》は、いざとなったら美恵《みえ》さんに教《おし》えてもらおうっと)

急《いそ》いで二階《にかい》の自分《じぶん》の部屋《へや》に駆《か》け込《こ》んだ萌香《もゆか》は、学校《がっこう》の荷物《にもつ》をベッドの上《うえ》においてすぐに窓《まど》を開《あ》けた。

(ミクロ、早《はや》く来《こ》ないかなぁ)

しばらく待《ま》っていたけど、なかなか現《あらわ》れないミクロ。待《ま》っているといつも以上《いじょう》に時間《じかん》が長《なが》く感《かん》じられる。

(こんなにこないなら、やっぱり宿題《しゅくだい》をやっていた方《ほう》がいいかな)

萌香《もゆか》がそう思《おも》って窓《まど》から離《はな》れようとしたとき、のっしのっしとテラスへの階段《かいだん》を上《のぼ》ってくる大《おお》きな白黒《しろくろ》の丸《まる》い毛玉《けだま》みたいなものが見《み》えた。

(ミクロだ！　美恵《みえ》さんに知《し》らせなくちゃ！)

萌香《もゆか》は急《いそ》いで部屋《へや》を出《で》て、階段《かいだん》を駆《か》け下《お》り、玄関《げんかん》から飛《と》び出《だ》して美恵《みえ》さんのカフェの玄関《げんかん》の前《まえ》まで行《い》く。そのころにはもう、ミクロはテラスに入《はい》ってしまっている。

「美恵《みえ》さーん、来《き》たよ！　ミクロが来《き》たよ！」

萌香《もゆか》がカフェの玄関《げんかん》の外《そと》から呼《よ》ぶと、美恵《みえ》さんが、さっきのかっこうのままで、カフェの奥《おく》から出《で》てきた。

「ありがとう、もゆ。じゃ、ミクロがごはんを食《た》べ終《お》わって、テラスから出《で》てきたところで捕《つか》まえて首輪《くびわ》を切《き》るよ」

「でも、ミクロに嫌《きら》われちゃったらどうする？」

「その可能性《かのうせい》はあるよね。でも、それはそれで仕方《しかた》ないよ。ミクロがそれで呼吸《こきゅう》が楽《らく》になる方《ほう》が大事《だいじ》だよ」

美恵《みえ》さんが覚悟《かくご》を決《き》めたようにいう。

「美恵《みえ》さん、がんばって！」

「がんばる！」

それからしばらくして、ミクロがさっき上《のぼ》っていった階段《かいだん》を、今度《こんど》はのっしのっしと下《お》りてきた。泥棒猫《どろぼうねこ》の割《わり》に、とてもゆったりとしている。当《とう》の本人《ほんにん》は泥棒《どろぼう》だなんて思《おも》ってない。ごはんをたっぷり食《た》べてテラスでくつろいで、ゆうゆうと帰《かえ》るお客《きゃく》さんだ。

「もゆ、もしかしたらミクロが暴《あば》れて危《あぶ》ないかもしれないから、離《はな》れていた方《ほう》がいいよ」

美恵《みえ》さんが真剣《しんけん》な顔《かお》をしていう。

「わかった」

萌香《もゆか》はすなおに美恵《みえ》さんのいうことを聞《き》いて、自分《じぶん》の家《いえ》の玄関《げんかん》まで下《さ》がって待《ま》つことにした。

と、次《つぎ》の瞬間《しゅんかん》。美恵《みえ》さんが無言《むごん》のままミクロの首筋《くびすじ》を左手《ひだりて》で上《うえ》からがしっ！　と押《お》さえつけ、右手《みぎて》に持《も》ったペンチでミクロの首《くび》の赤《あか》い革製《かわせい》の首輪《くびわ》をバチンッ！　と切《き》った。

赤《あか》い首輪《くびわ》が、パーンッと音《おと》を立《た》てるように飛《と》んで外《はず》れ、ぽとりとアスファルトの地面《じめん》に落《お》ちた。

美恵《みえ》さんが一瞬《いっしゅん》、左手《ひだりて》の力《ちから》を緩《ゆる》めたすきに、ミクロは
「シャーッ!!!」とすごい声《こえ》をあげて、その巨大《きょだい》な体《からだ》からは想像《そうぞう》もつかない速《はや》さであっという間《ま》にその場《ば》から走《はし》り去《さ》っていなくなった。

「ふう……」

美恵《みえ》さんが、どっと疲《つか》れたようにその場《ば》にへたり込《こ》んだ。

「美恵《みえ》さん！　大丈夫《だいじょうぶ》!?」

「私《わたし》は大丈夫《だいじょうぶ》。だけど、ミクロの方《ほう》は大丈夫《だいじょうぶ》かな。傷《きず》つけてはいないと思《おも》うけど……」

地面《じめん》に転《ころ》がっている赤《あか》い革製《かわせい》の犬用首輪《いぬようくびわ》を手《て》に取《と》りながら、美恵《みえ》さんが地面《じめん》に座《すわ》り込《こ》んだまま、ぼーっとした様子《ようす》でいう。

「美恵《みえ》さん、よくできたね。どこであんな技《わざ》、覚《おぼ》えたの？」

「そんなんじゃないよ。もう、必死《ひっし》だよ。一瞬《いっしゅん》のチャンスを逃《のが》したらおしまい、最初《さいしょ》で最後《さいご》のチャンスだと思《おも》ってやったんだから」

ゴーグルを外《はず》した美恵《みえ》さんの額《ひたい》には、びっしりと汗《あせ》が浮《う》かんでいる。

「ミクロ、怒《おこ》って行《い》っちゃったね」

「そりゃ、ね……あーあ、嫌《きら》われちゃったかなぁ」

さっきまでは嫌《きら》われても仕方《しかた》がないっていっていたくせに、実際《じっさい》にミクロが走《はし》り去《さ》っていくのを見《み》て、美恵《みえ》さんはちょっとがっかりしているようだ。そうかと思《おも》うと、今度《こんど》は美恵《みえ》さん、

「でも、ミクロの命《いのち》の方《ほう》が大事《だいじ》だもんね、うん！」

と、自分《じぶん》で自分《じぶん》を励《はげ》ますようにいっている。

「ミクロ、きっとまた美恵《みえ》さんのところに戻《もど》ってくるよ」

萌香《もゆか》も美恵《みえ》さんを慰《なぐさ》める。でも、これは萌香《もゆか》の本心《ほんしん》だ。ミクロはすごい勢《いきお》いで走《はし》って逃《に》げていったけど、こんなにまで必死《ひっし》でミクロの命《いのち》を救《すく》おうとしてくれた美恵《みえ》さんを、苦《くる》しい首輪《くびわ》を取《と》っ

てくれた美恵《みえ》さんを、嫌《きら》いになるはずなんかない。萌香《もゆか》はそう思《おも》っている。

「はぁ、一仕事終《ひとしごとお》えた感《かん》じ。今日《きょう》は早《はや》くお風呂《ふろ》に入《はい》って寝《ね》るよ。もゆもちゃんと宿題《しゅくだい》しなさいよ」

「はーい」

「宿題《しゅくだい》」という言葉《ことば》で、とたんに現実《げんじつ》に引《ひ》き戻《もど》されてしまった萌香《もゆか》。

でも、二階《にかい》の自分《じぶん》の部屋《へや》に戻《もど》った後《あと》も、さっきのあの一瞬《いっしゅん》のできごとが短《みじか》い映画《えいが》みたいに頭《あたま》の中《なか》に何度《なんど》も何度《なんど》も再生《さいせい》されて、集中《しゅうちゅう》できない。

(美恵《みえ》さん、すごかったなぁ。かみつき凶暴猫《きょうぼうねこ》のミクロの首輪《くびわ》を、一瞬《いっしゅん》でとっちゃうんだもん)

萌香《もゆか》はいつも美恵《みえ》さんはかっこいい女性《じょせい》だと思《おも》っているけど、今日《きょう》はいつも以上《いじょう》にすごいと思《おも》った。なんだか戦士《せんし》のようだった。

嫌《きら》いになったの？

それからは毎日《まいにち》、萌香《もゆか》は学校《がっこう》から戻《もど》るとすぐに自分《じぶん》の部屋《へや》の窓《まど》を開《あ》けてミクロがやってくるのを待《ま》った。

（ミクロ、今日《きょう》も来《こ》なかったなぁ……でも、昨日《きのう》も今日《きょう》も天気《てんき》が悪《わる》かったし、来《き》たくても来《こ》られなかったよね、きっと）

そう思《おも》う日《ひ》もあれば、

（もうミクロ、美恵《みえ》さんのお店《みせ》に来《く》るの、嫌《いや》になっちゃったのかな……）

と思《おも》う日《ひ》もある。

（もしかして、あのとき勢《いきお》いよく走《はし》って逃《に》げたから、車《くるま》にはねられちゃったとか!?）

怖《こわ》い想像《そうぞう》をしてしまって、

（そんなわけないよね。最近《さいきん》、このあたりで猫《ねこ》が交通事故《こうつうじこ》にあったって聞《き》いてないし）

と、自分《じぶん》の考《かんが》えを打《う》ち消《け》そうと必死《ひっし》になってみることも。

美恵《みえ》さんと顔《かお》を合《あ》わせても、なんとなく気《き》まずい気《き》がしてしまう。

「ミクロ、まだ来《こ》ないねぇ」

「うん。まあ、もともとミクロはたまたまうちに辿《たど》り着《つ》いてごはんを食《た》べるようになっただけの猫《ねこ》で、本当《ほんとう》は隣町《となりまち》の子《こ》だから」

美恵《みえ》さんはもう半分《はんぶん》くらい諦《あきら》めているようにも見《み》える。この前《まえ》は、「きっと戻《もど》ってくる」なんていってしまった萌香《もゆか》だけど、こう何日《なんにち》も姿《すがた》を見《み》ないと、やはりもうミクロは戻《もど》ってこないのかもしれないという気持《きも》ちが強《つよ》くなってくる。

美恵《みえ》さんの涙《なみだ》

それから二週間《にしゅうかん》くらいたったある日《ひ》の夜《よる》。萌香《もゆか》がお風呂《ふろ》から上《あ》がってそろそろ寝《ね》ようかなという時《とき》に、萌香《もゆか》の部屋《へや》の窓《まど》をコツコツとたたく音《おと》がした。

(???)

不思議《ふしぎ》に思《おも》った萌香《もゆか》がそっと窓《まど》を開《あ》けてみると、美恵《みえ》さんがほうきの柄《え》で萌香《もゆか》の部屋《へや》の窓《まど》をつついたらしい。

「もゆ、寝《ね》てた?」

美恵《みえ》さんが小声《こごえ》で聞《き》く。時間《じかん》はもうすぐ九時《くじ》で、そろそろ萌香《もゆか》が寝《ね》る時間《じかん》だということは美恵《みえ》さんも知《し》っている。

「ううん、まだ。今《いま》、お風呂《ふろ》から出《で》たところ」

「ミクロがね、帰《かえ》ってきたよ！」

美恵《みえ》さんが小声《こごえ》で、でも興奮《こうふん》を隠《かく》しきれない声《こえ》でいう。

「えっ⁉」

萌香《もゆか》はびっくりして大声《おおごえ》を出《だ》しそうになったけど、すぐに口《くち》に手《て》をあてた。

「ほんとう？」

「うん。そこからじゃ見《み》えないかもしれないけど、今《いま》ね、テラスのベンチに寝《ね》そべってぐびーぐびーっていびきをかきながら寝《ね》てるの」

「えー！」

萌香《もゆか》は少《すこ》しだけ身《み》を乗《の》り出《だ》して、テラスの中《なか》を覗《のぞ》き込《こ》んでみた。確《たし》かに木《き》でできたベンチの上《うえ》に、白黒《しろくろ》の大《おお》きなモップみたいな塊《かたまり》がある。暗《くら》くてよく見《み》えないけど、ミクロに間違《まちが》いなさそうだ。

「ほんとだ！」

「私《わたし》もびっくりしちゃった。そろそろテラスのドアのカギを閉《し》めようかと思《おも》って上《あ》がってきたら、ここで寝《ね》てるんだもん。いつの間《ま》にやら、ちゃっかりうちの猫《ねこ》たちのごはんも盗《ぬす》み食《ぐ》いしてた」

笑《わら》いながらいう美恵《みえ》さんの目《め》に、きらっと涙《なみだ》が光《ひか》っているのを萌香《もゆか》は見《み》た。

「美恵《みえ》さん、よかったね！　ミクロが帰《かえ》ってきてくれて、よかったね！」

萌香《もゆか》も、泣《な》き出《だ》したい気分《きぶん》になった。

「うん。もゆがいった通《とお》りだったね。ちゃんと戻《もど》ってきてくれた。ありがとうね、もゆ」

「ううん、私《わたし》じゃなくて、戻《もど》ってきてくれたミクロにありがとう、だよ」

「うん、ミクロにも、ありがとう」

美恵《みえ》さんは手《て》の甲《こう》で涙《なみだ》をぬぐっている。

美人《びじん》なうえに男勝《おとこまさ》りで、萌香《もゆか》が今《いま》まで会《あ》ったことのある女《おんな》の人《ひと》の中《なか》では最強《さいきょう》の美恵《みえ》さんが、泣《な》いている。今《いま》まで、大切《たいせつ》な飼《か》い猫《ねこ》が死《し》んでしまっても決《けっ》して人前《ひとまえ》で涙《なみだ》を見《み》せることなく、気丈《きじょう》にふるまっていた美恵《みえ》さんが、ミクロが戻《もど》ってきたことで泣《な》いている。ミクロは美恵《みえ》さんの猫《ねこ》でもないのに。

萌香《もゆか》ももらい泣《な》きをしてしまった。

「ごめん。かっこわるいところ見《み》せちゃった。泣《な》いてたらミクロが起《お》きちゃうから、もう涙《なみだ》はおしまい！　私《わたし》ももう寝《ね》るから、もゆもおやすみなさいだよ」

そういって美恵《みえ》さんはそうっと窓《まど》を閉《し》めて、忍《しの》び足《あし》でテラス席《せき》を出《で》ていった。ミクロを起《お》こさないように気《き》をつかっている。

美恵《みえ》さんは本当《ほんとう》はドアを閉《し》めにきたはずが、今夜《こんや》はミクロがいつでも自由《じゆう》に出入《でい》りできるようドアは少《すこ》し開《あ》けておくようだ。ミクロはそんな美恵《みえ》さんの気持《きも》ちを知《し》ってか知《し》らないでか、さっ

きと同《おな》じかっこうのまま丸《まる》くなって眠《ねむ》っているみたいだ。
（ミクロ、帰《かえ》ってきてくれてありがとう！）
萌香《もゆか》は心《こころ》の中《なか》でミクロにお礼《れい》をいって、自分《じぶん》の部屋《へや》の窓《まど》を閉《し》めた。
その晩《ばん》、萌香《もゆか》はうれしくてうれしくて、興奮《こうふん》してあまり眠《ねむ》れなかった。ミクロは以前《いぜん》と同《おな》じよ
うにぼろぼろのモップみたいなままだった。少《すこ》しも変《か》わっていない。考《かんが》えてみれば、間《かん》だ。そんなに大《おお》きな変化《へんか》があるはずもないのに、ずいぶん長《なが》い間《あいだ》ミクロに会《あ》っていなかったよ
うに思《おも》える。この二週間《にしゅうかん》、ミクロなりにおばあさんのこと、美恵《みえ》さんのこと、首輪《くびわ》のこと……い
ろいろ考《かんが》えたのかもしれない。萌香《もゆか》にはそう思《おも》えた。
（やっぱりミクロは、ミクロを助《たす》けたいっていう美恵《みえ》さんの気持《きも》ち、ちゃんとわかってたんだ）
猫《ねこ》にだって心《こころ》があって、気持《きも》ちは通《つう》じる。美恵《みえ》さんはいつもそういっている。本当《ほんとう》にそうだな
と、萌香《もゆか》は思《おも》った。人間《にんげん》と同《おな》じ言葉《ことば》を話《はな》さなくても、ちゃんとわかり合《あ》えるんだと改《あらた》めてわかっ
た。あの革製《かわせい》の赤《あか》い犬用首輪《いぬようくびわ》が切《き》れたことで、逆《ぎゃく》にミクロと美恵《みえ》さんの間《あいだ》にある見《み》えない糸《いと》が、
しっかりと結《むす》ばれたような気《き》がする。

ミクロはその後《ご》、毎日《まいにち》、美恵《みえ》さんのカフェにやってくるようになった。やってくるというより、もうほとんど美恵《みえ》さんの猫《ねこ》になりきっている。もう、泥棒猫《どろぼうねこ》でもお客《きゃく》さん猫《ねこ》でもない。ミクロは美恵《みえ》さんの家族《かぞく》の一員《いちいん》だ。

二階《にかい》のテラス席《せき》の木《き》のベンチがミクロの特等席《とくとうせき》だ。美恵《みえ》さんがミクロのために柔《やわ》らかいクッションを作《つく》っておいてあげたら、すっかり気《き》に入《い》った様子《ようす》で、毎日《まいにち》そこに寝《ね》そべって過《す》ごすのがミクロの日課《にっか》になった。今《いま》ではミクロはすっかり美恵《みえ》さんになついて、なでなでもさせてくれるし、抱《だ》っこだってできるようになった。もちろん、かみつくことはない。美恵《みえ》さんの他《ほか》の飼《か》い猫《ねこ》たちともケンカをしないで、うまくやっているようだ。

ミクロがカフェにいる時間《じかん》の方《ほう》が、外《そと》に出《で》かける時間《じかん》よりもずっと長《なが》くなった。たまにふらっと外《そと》に出《で》ていっても、一《いち》、二《に》時間《じかん》もすると戻《もど》ってくる。外《そと》は危《あぶ》ないから、本当《ほんとう》は美恵《みえ》さんとしてはミクロを外《そと》に出《だ》したくないけど、今《いま》までずっと外《そと》で生活《せいかつ》してきたミクロを急《きゅう》に家《いえ》の中《なか》に閉《と》じ込《こ》めてしまうのも悪《わる》い気《き》がして、しばらくはミクロの自由《じゆう》にさせてあげたいと思《おも》っているらしい。

それでも、美恵《みえ》さんはミクロが交通事故《こうつうじこ》にあわないか心配《しんぱい》で、ミクロが出《で》かけるときにはそっと探偵《たんてい》みたいに後《あと》をつけていくことがある。ミクロがそれに気《き》づいているのかいないのかは、わからないけれど。

「この前《まえ》ね、ミクロの後《あと》をついていったら、隣町《となりまち》のスーパーの先《さき》まで行《い》ったんだよ、あの子《こ》！」

美恵《みえ》さんが大《おお》きな目《め》をくりくりさせていう。

「ミクロ、まだあっちの方《ほう》に行《い》ってるんだ？」

「そうみたい。びっくりよ。だって、もうけっこうなおじいさん猫《ねこ》でしょ？　最近《さいきん》はずっとうちにいるし、そんなに遠出《とおで》しないかと思《おも》ってたのに」

「まだおばあさんのこと、忘《わす》れられないのかな」

「そうかもしれないねぇ。おばあさんがミクロにとって唯一《ゆいいつ》の家族《かぞく》だったんだもんね」

「でも、たぶん美恵《みえ》さんのことも新《あたら》しい家族《かぞく》と思《おも》ってるよ」

「そうだといいけど」

「おばあさんのことはそのうち思《おも》い出《で》になって、あんなに遠《とお》くまで行《い》くのもやめるようになるんじゃない？」

小《ちい》さいときに育《そだ》ててくれたおばあさんのことを忘《わす》れないでいるミクロは、えらいと思《おも》う。

(だけど、もうそろそろ忘《わす》れてもいいんだよ、ミクロ)

萌香《もゆか》は、その方《ほう》がミクロのためじゃないかと思《おも》っている。

カフェの前《まえ》で萌香《もゆか》と美恵《みえ》さんがお話《はなし》をしていたら、三人組《さんにんぐみ》の女《おんな》の人《ひと》たちがそろってやってきた。

今《いま》までミクロにエサをあげてくれていたおばさんたちだ。

「こんにちは」

美恵《みえ》さんが挨拶《あいさつ》をする。

「こんにちは」

萌香《もゆか》も慌《あわ》ててぺこりとお辞儀《じぎ》をしながら挨拶《あいさつ》をする。

「こんにちは。ねえ、美恵《みえ》さんとこのカフェにさ、ミクロがいるって聞《き》いたんだけど」

「ほんとうにいるの？」

「かみつかない？」

おばさんたちが口々《くちぐち》にいうと、美恵《みえ》さんが、

「それがね、いるんですよ。二階《にかい》のテラスを気《き》にいっちゃったみたいで」

と照《て》れたように答《こた》える。照《て》れるような話《はなし》じゃないのにと思《おも》って、萌香《もゆか》は噴《ふ》き出《だ》しそうになる。

「あの凶暴《きょうぼう》かみつき猫《ねこ》のミクロが、ねぇ」

おばさんのひとりが、納得《なっとく》いかないという様子《ようす》でいう。

「首《くび》を締《し》めつけていた首輪《くびわ》がなくなって、気持《きも》ちが穏《おだ》やかになったのかしらねぇ」

別《べつ》のおばさんが、小首《こくび》をかしげながらいう。おばさんたちは三人《さんにん》とも、心《こころ》の底《そこ》からびっくりしたという顔《かお》をしている。

「よかったらミクロに会《あ》ってやってください。今《いま》までごはんをくれてありがとうって思《おも》ってるはずだから」

美恵《みえ》さんがそういって、三人《さんにん》をテラスに案内《あんない》する。萌香《もゆか》はまだ十二歳《じゅうにさい》じゃないからガマンだ。そういうところは美恵《みえ》さんはまじめで、萌香《もゆか》だけを特別扱《とくべつあつか》いすることはない。萌香《もゆか》も美恵《みえ》さんの性格《せいかく》はよくわかっているから、しばらくの間《あいだ》、外《そと》で待《ま》っている。

上《うえ》のテラス席《せき》から、おばさんたちの声《こえ》がしてくる。

「まあ、ほんとにミクロだわ！」

「信《しん》じられない！」

「え、触《さわ》っていいの？　触《さわ》れるの？」

美恵《みえ》さんだけじゃなくて、他《ほか》の人《ひと》に触《さわ》られてもミクロはもう平気《へいき》みたいだ。美恵《みえ》さんが一緒《いっしょ》にいるから、安心《あんしん》しているのかもしれないけれど。

おばさんたちが階段《かいだん》を下《お》りてくる。「びっくりした」とか「信《しん》じられない」とか、まだ口々《くちぐち》にいっている。

「またいつでもミクロに会《あ》いにきてください」

美恵《みえ》さんが深《ふか》く頭《あたま》を下《さ》げて、おばさんたちを見送《みおく》っている。

おばさんたちがいなくなってしまうと、美恵《みえ》さんが思《おも》い出《だ》したように萌香《もゆか》の方《ほう》を振《ふ》り向《む》いていう。

「そうそう！　今日《きょう》ね、うちに獣医《じゅうい》さんが来《き》てくれたの」

美恵《みえ》さんのカフェにはたくさんの猫《ねこ》たちがいるから、獣医《じゅうい》さんがときどき来《き》てくれて、猫《ねこ》たちの健康状態《けんこうじょうたい》をみていってくれる。今日《きょう》がたまたまその日《ひ》だったようだ。

「それで、ミクロの顎《あご》の周《まわ》りのこれは全部脂肪《ぜんぶしぼう》だっていうの」

美恵《みえ》さんが、自分《じぶん》のほっぺの下《した》の方《ほう》をつまんで引《ひ》っ張《ぱ》って見《み》せた。

「しぼう？」

「そう。今《いま》までずっと革製《かわせい》の犬用首輪《いぬようくびわ》をしていたでしょ。あれで首《くび》が締《し》めつけられていたから成《せい》長《ちょう》しても首《くび》にはほとんど脂肪《しぼう》がたまらなくて、首《くび》の上《うえ》とか下《した》にどんどん脂肪《しぼう》がたまっていっちゃったらしいの。首輪《くびわ》さえしていなければ、ミクロはふつうの顔《かお》の大《おお》きさの猫《ねこ》だったらしいよ」

「そうなんだ！　でも、ふつうの顔《かお》の大《おお》きさの猫《ねこ》だったら、なんかミクロじゃないみたい」
「それもそうなんだけどさ。あの脂肪《しぼう》を手術《しゅじゅつ》でとるにしてももうミクロもずいぶん年《とし》をとってい
るし、どうしたもんかな、と思《おも》って。そのまま自然《しぜん》に任《まか》せておいてもいいのかもしれない」
「もゆにはよくわからないけど……」
「私《わたし》にだってわからないよ。こんなこと、はじめてだもん」
今《いま》までいろいろな猫《ねこ》と暮《く》らしてきた美恵《みえ》さんも、驚《おどろ》いたという表情《ひょうじょう》を作《つく》ってみせる。
「それに、首《くび》を締《し》めつけていたせいで、喉《のど》の空気《くうき》の通《とお》り道《みち》が狭《せま》くなっていて、息《いき》をするとぐびー
ぐびーっていびきみたいな音《おと》がするの。あの音《おと》はいびきかと思《おも》っていたけど、そうじゃないんだ
って。だから、起《お》きていてもぐびーぐびーっていってるの」
ミクロの「ぐびーぐびー」を、萌香《もゆか》も聞《き》いてみたいと思《おも》った。どんな音《おと》なんだろうと想像《そうぞう》をめ
ぐらせている萌香《もゆか》をよそに、美恵《みえ》さんが続《つづ》ける。
「ミクロって、あの脂肪《しぼう》のせいで、後《うし》ろから見《み》るとなんかお地蔵《じぞう》さんみたいに見《み》えるの。肩《かた》が丸《まる》
くなっているように見《み》えて」
「ミクロ地蔵《じぞう》だね」
「はは、そうだね、ミクロ地蔵《じぞう》だね！　でも、ほんとうに、なんだかそんな気《き》がするの」

「うん。不思議《ふしぎ》な猫《ねこ》だよね、ミクロって」

「あの革製《かわせい》の赤《あか》い犬用首輪《いぬようくびわ》は、ミクロが今《いま》までがんばってきた証拠《しょうこ》だから、大事《だいじ》にとってあるんだよ。テラス席《せき》に飾《かざ》ってあるから、今度《こんど》、見《み》せてあげるね」

「ありがとう。っていうか、明日《あした》、なんの日《ひ》か知《し》ってる？」

「ふふふ。知《し》ってますよー。もゆの十二歳《じゅうにさい》の誕生日《たんじょうび》でしょ！」

「わ、覚《おぼ》えててくれたんだ！」

「そりゃ、十二歳《じゅうにさい》になったら、十二歳《じゅうにさい》になったら、ってずっといってたもんね。約束《やくそく》は約束《やくそく》。明日《あした》、ミクロとうちの猫《ねこ》たちとみんなでテラスで誕生日会《たんじょうびかい》しようね！」

「本当《ほんとう》!?　うれしい！　美恵《みえ》さん、ありがとう！」

萌香《もゆか》は、明日《あした》が待《ま》ち遠《どお》しくてたまらない。


【『切《き》れた首輪《くびわ》と、つながった糸《いと》』―ミクロのこと―・おわり】

ミクロのアルバム

赤《あか》い首輪《くびわ》をつけたままカフェに通《かよ》っていたころのミクロ。

猫好《ねこず》きの間《あいだ》では有名《ゆうめい》な美恵《みえ》さんのお店《みせ》と、人気《にんき》メニュー・猫顔《ねこがお》の「ニャンカレー」。

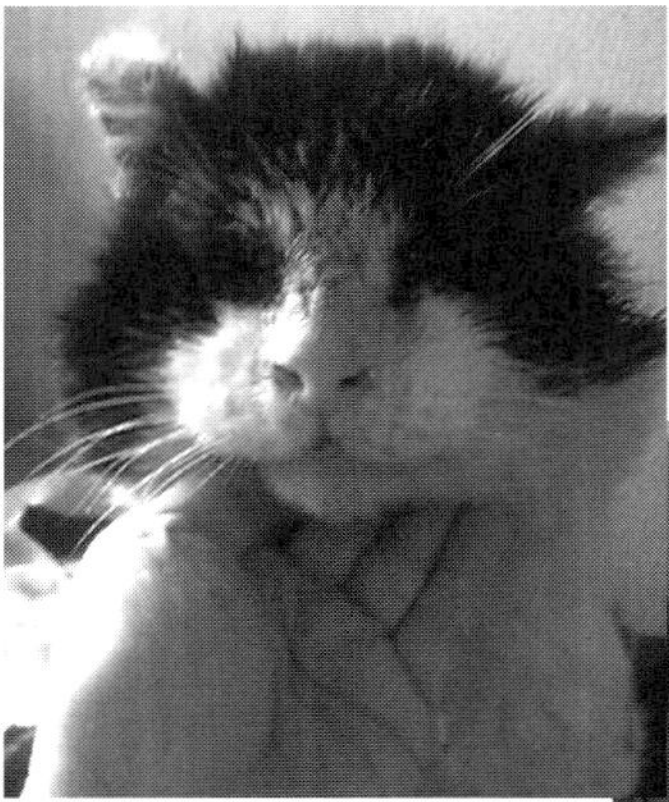

今《いま》では誰《だれ》でも受《う》け入《い》れるおとなしい猫《ねこ》になったミクロ。

カフェの玄関《げんかん》マットでお昼寝《ひるね》タイム。

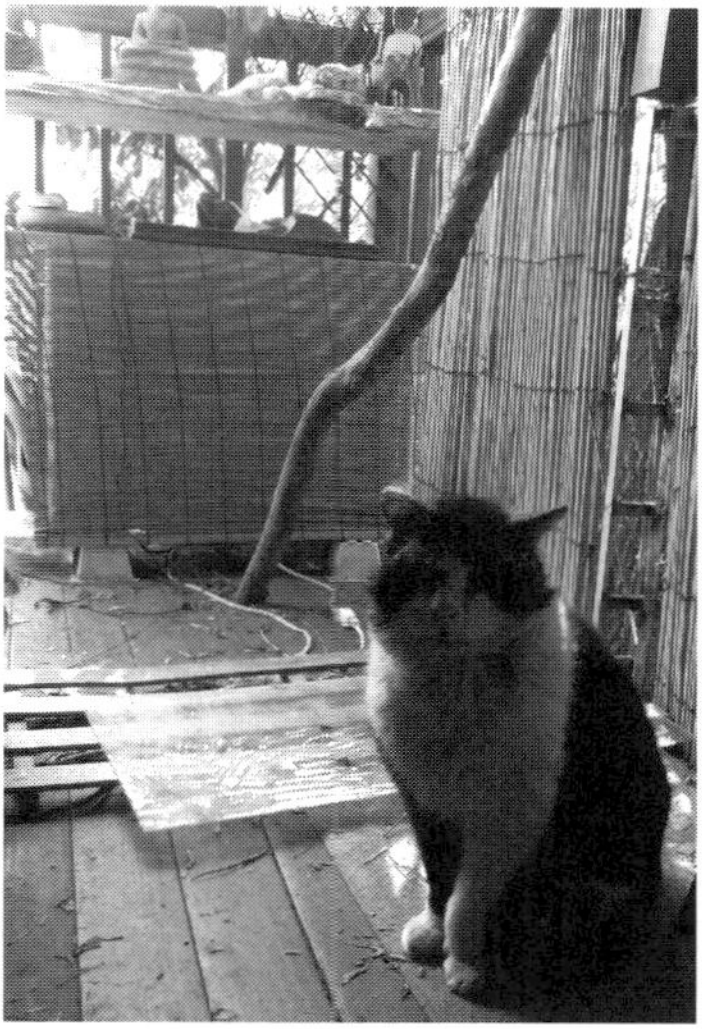

「ようこそ、ぼくのおうちカフェへ」
（ミクロ）

泥《どろ》棒《ぼう》猫《ねこ》!? こんなお茶《ちゃ》目《め》なコスプレもさせてくれるミクロ。

お正月《しょうがつ》バージョンのミクロ。

赤《あか》いよだれかけ姿《すがた》の地《じ》蔵《ぞう》ミクロ！

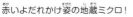

どうして猫《ねこ》が増《ふ》えすぎてはいけないの？

猫《ねこ》コラム②

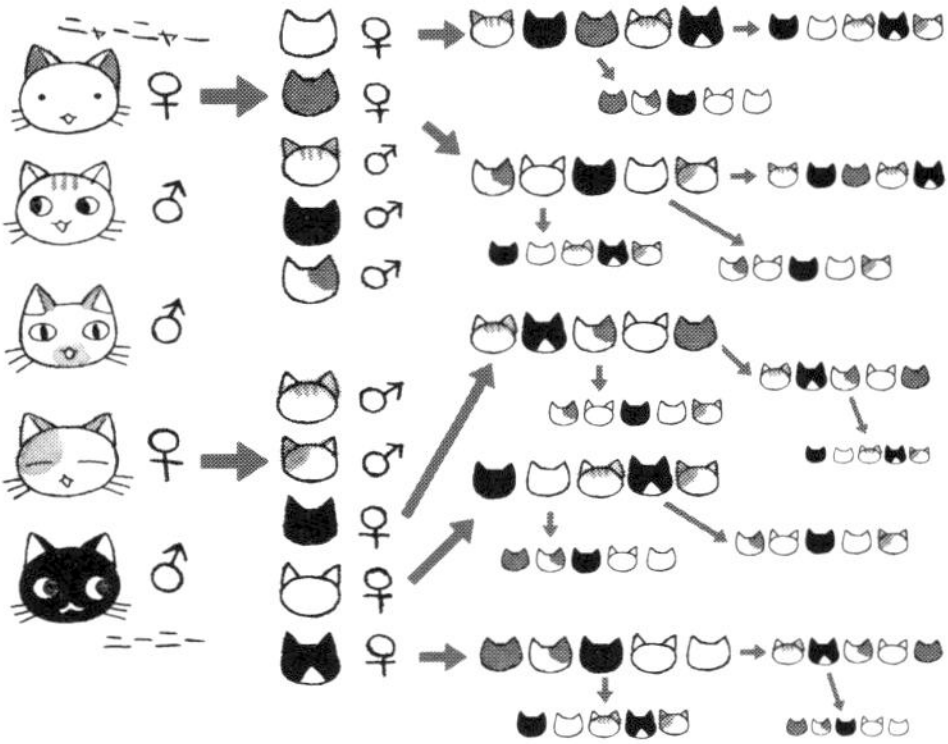

1匹《ぴき》のお母《かあ》さん猫《ねこ》から1回《かい》に3～7匹《ひき》くらいの子猫《こねこ》が生《う》まれます。

もう数《かぞ》えきれない…!!

しかも――1

子猫《こねこ》たちが生後《せいご》2か月《げつ》くらいになるとお母《かあ》さん猫《ねこ》は子育《こそだ》てを終《お》えて、次《つぎ》の赤《あか》ちゃんを産《う》めるようになります。
だから、1年《ねん》に2～3回《かい》も赤《あか》ちゃんを産《う》むお母《かあ》さん猫《ねこ》もいます。

お母《かあ》さん猫《ねこ》の体《からだ》はだんだん弱《よわ》まり、長生《ながい》きできません。

しかも――2

女《おんな》の子《こ》の子猫《こねこ》は生後《せいご》4か月《げつ》もすると、もう赤《あか》ちゃんを産《う》むことができるようになります。

ちょっと前《まえ》まで赤《あか》ちゃんだったのに、もうお母《かあ》さんに!!

猫《ねこ》たちが増《ふ》えると……

そこらじゅうを
トイレにしてしまったり

いたずらしたり

交通事故《こうつうじこ》にあったり

ゴミを
あさったり

カラスに
襲《おそ》われたり

ケンカして

悪《わる》い人《ひと》に
いじめられたり

ケガをしたり
病気《びょうき》になったり

保健所《ほけんじょ》に連《つ》れていかれて
殺処分《さつしょぶん》されてしまう
ことも……

**人《ひと》にも猫《ねこ》にもいいことは
ありません。**

だから TNR《ティー エヌ アール》+M《エム》 または TND《ティー エヌ ディー》

Trap《トラップ》
つかまえて

Neuter《ニューター》
赤《あか》ちゃんができない
ように手術《しゅじゅつ》をして

Return《リターン》
元《もと》の場所《ばしょ》に戻《もど》す

+Manage《マネージ》
ごはん、
そうじ、
ケガしたら
病院《びょういん》へ

もっといいのは
TND《ティー エヌ ディー》

Deliver《デリバー》
里親《さとおや》さんをみつける

『雪《ゆき》間《ま》に咲《さ》いた小《ちい》さな花《はな》』

——まるのこと——

湯《ゆ》の町《まち》の猫《ねこ》たち

マリの母《かあ》さんは、「定《じょう》ニャンの会《かい》」というグループで野良猫《のらねこ》たちを助《たす》けるボランティア活動《かつどう》をしている。

マリは、北海道札幌市《ほっかいどうさっぽろし》の南部《なんぶ》にある町《まち》の小学校《しょうがっこう》に通《かよ》う十一歳《じゅういっさい》だ。来年《らいねん》には同《おな》じ地元《じもと》にある中学《ちゅうがく》校《こう》に進学《しんがく》する。マリたちが住《す》む町《まち》のすぐ近《ちか》くに、「定山渓《じょうざんけい》」という温泉《おんせん》のある観光地《かんこうち》がある。マリの母《かあ》さんたちのグループは、その温泉地《おんせんち》に住《す》む飼《か》い主《ぬし》のいない猫《ねこ》たちのお世話《せわ》をしているから、「定《じょう》ニャンの会《かい》」という名前《なまえ》なのだ。

北海道《ほっかいどう》の冬《ふゆ》は、とても寒《さむ》い。北海道生《ほっかいどうう》まれ、北海道育《ほっかいどうそだ》ちのマリだけど、冬《ふゆ》はやっぱり寒《さむ》いと思《おも》う。雪《ゆき》がたくさん降《ふ》ると、ひと晩《ばん》で大人《おとな》の背《せ》の高《たか》さよりたくさん積《つ》もることもある。冬《ふゆ》になると、外《そと》で暮《く》らす野良猫《のらねこ》たち、とくにまだ小《ちい》さい野良《のら》の子猫《こねこ》たちは一冬《ひとふゆ》を越《こ》すことができなくて、ほとんどが命《いのち》を落《お》としてしまう。

でも、温泉場《おんせんば》では、外《そと》で暮《く》らす猫《ねこ》たちも冬《ふゆ》でも生《い》きていくことができる。温泉《おんせん》の熱気《ねっき》で地面《じめん》があたたかくなっている場所《ばしょ》があるし、町《まち》のあちこちを通《とお》っている、それぞれの旅館《りょかん》に温泉《おんせん》をひくためのパイプは外《そと》から触《さわ》ってもあたたかい。周《まわ》りにどんなにたくさん雪《ゆき》が積《つ》もっていても、そういう場所《ばしょ》はぽっかりと穴《あな》が開《あ》いたみたいに雪《ゆき》がなくて、地面《じめん》が見《み》えている。そういうところを猫《ねこ》たちはちゃんと知《し》っていて、なんとかあたたかい場所《ばしょ》にみんなで集《あつ》まって、お互《たが》いに体《からだ》をあたため合《あ》いながら、寒《さむ》くて長《なが》い冬《ふゆ》が通《とお》りすぎるのをじっと待《ま》っている。

北海道中《ほっかいどうじゅう》の猫《ねこ》たちが、あたたかいからといって温泉地《おんせんち》まで勝手《かって》に来《き》たわけではもちろんない。「温泉地《おんせんち》ならあたたかいし、観光客《かんこうきゃく》がごはんをくれるだろうから」といって、「いらなくなった猫《ねこ》」を捨《す》てにくる人《ひと》たちがいるから、定山渓《じょうざんけい》にはたくさんの猫《ねこ》たちがいる。

それに、猫《ねこ》たちがお互《たが》いに結婚《けっこん》して、たくさん子供《こども》が生《う》まれて、その子供《こども》たちがまた子供《こども》を産《う》んで……という風《ふう》に、猫《ねこ》たちの数《かず》がどんどん増《ふ》えていってしまった。

母《かあ》さんのおせっかい

マリたち家族《かぞく》がこの町《まち》に引《ひ》っ越《こ》してきたのは、マリが四年生《よねんせい》のころのことだった。引《ひ》っ越《こ》してきたばかりのころ、用事《ようじ》があってはじめて定山渓《じょうざんけい》に行《い》ったときのこと。それまで見《み》たことないくらいたくさんの猫《ねこ》たちがいるのを見《み》て、マリも母《かあ》さんもすごく驚《おどろ》いたことを覚《おぼ》えている。飼《か》い主《ぬし》のいない猫《ねこ》たちが、河原《かわら》や公園《こうえん》、ホテルの周《まわ》りに「びっしり」はりつくようにいるのを見《み》て、母《かあ》さんは「ちょっと気持《きも》ちが悪《わる》いくらいだね」といっていた。

そのころはまだ、マリたち家族《かぞく》は動物《どうぶつ》を飼《か》ったことはなかったし、母《かあ》さんもとくに猫好《ねこず》きというわけではなかった。でも、定山渓《じょうざんけい》に行《い》くたびに猫《ねこ》たちの様子《ようす》を見《み》て、母《かあ》さんはだんだん「この子《こ》たちをなんとかしないと、かわいそう」と思《おも》うようになっていったみたいだ。

どの猫《ねこ》もみんな険《けわ》しい顔《かお》をして、観光客《かんこうきゃく》がくれる人間用《にんげんよう》のお菓子《かし》や惣菜《そうざい》を食《た》べて、なんとか命《いのち》をつないでいるのがわかった。寒《さむ》い冬《ふゆ》には、湯泉《おんせん》の湯気《ゆげ》が出《で》ているようなあたたかい場所《ばしょ》に猫《ねこ》たちが集《あつ》まって、お互《たが》いにくっついて体《からだ》をあたため合《あ》っている様子《ようす》がなんだかとてもけなげで、たくましく、でも「つらいだろうな……」と思《おも》わせた。

マリには母《かあ》さんの気持《きも》ちがよくわかる。あれだけの数《かず》の猫《ねこ》たちが困《こま》っているのを見《み》たら、放《ほう》っておけないのが母《かあ》さんだ。マリはそういう母《かあ》さんが好《す》きだし、子供《こども》ながらに、

(ま〜た母《かあ》さんのおせっかいが始《はじ》まった)

とあきれてしまう。

母《かあ》さんが、

「定山渓《じょうざんけい》の猫《ねこ》たちの面倒《めんどう》を見《み》る！」

といい出《だ》したときも、

(始《はじ》まった……)

と内心《ないしん》、思《おも》った。

「おせっかいっていうけどさ、あれじゃかわいそうっしょ」

マリが「おせっかい」って口《くち》に出《だ》していったわけでもないのに、母《かあ》さんが先読《さきよ》みをしていう。

いつもいろんなところでおせっかいを焼《や》いていることを、母《かあ》さん自身《じしん》もわかっている。

「マリだってかわいそうだと思《おも》うよ、あの猫《ねこ》たち」

「温泉地《おんせんち》だからって、なんぼなんでも猫《ねこ》を捨《す》てにくる人《ひと》がいるっていうのが、ね」

母《かあ》さんは正義感《せいぎかん》が強《つよ》い。

「止《と》めても無駄《むだ》だから止《と》めないけど、町《まち》の人《ひと》たちには迷惑《めいわく》をかけるなよ」

父《とう》さんもあきらめたような顔《かお》でいう。

「迷惑《めいわく》なんかかけないよ」

母《かあ》さんは意地《いじ》っ張《ぱ》りだ。だから、「迷惑《めいわく》をかけるな」といわれたからには、絶対《ぜったい》に迷惑《めいわく》をかけないようにする性格《せいかく》だ。それくらい芯《しん》が強《つよ》い頑固者《がんこもの》だ。

マリの母《かあ》さんは仕事《しごと》の合間《あいま》を見《み》つけて、毎日《まいにち》、猫《ねこ》たちにエサをあげるようになった。観光客《かんこうきゃく》たちがばらまくお菓子《かし》や惣菜《そうざい》は、人間用《にんげんよう》だから塩分《えんぶん》も多《おお》すぎて、猫《ねこ》の体《からだ》にはよくない。それでおなかいっぱいになっても、病気《びょうき》になってしまうだけだ。おしっこが出《で》なくなって苦《くる》しんでいる猫《ねこ》たちを、マリも母《かあ》さんもたくさん見《み》ている。中《なか》にはそれで死《し》んでしまった猫《ねこ》たちも……。だから、マリの母《かあ》さんは猫用《ねこよう》のごはんを用意《ようい》して猫《ねこ》たちにあげるようになった。

ごはんをあげるのは、猫《ねこ》たちになついてもらうためだ。そうやって「このおばさんはごはんをくれる人《ひと》」と猫《ねこ》たちに思《おも》ってもらって、猫《ねこ》たちが触《さわ》らせてくれるくらいなついてくれたら、捕《つか》まえて病院《びょういん》に連《つ》れていき、赤《あか》ちゃんがこれ以上《いじょう》生《う》まれないように手術《しゅじゅつ》をしてもらう。

まだ小《ちい》さい猫《ねこ》や捨《す》てられたばかりで人間《にんげん》が大好《だいす》きな猫《ねこ》には、新《あたら》しい家族《かぞく》を探《さが》してあげる。野良《のら》猫《ねこ》として生《う》まれて、野良猫《のらねこ》としての生活《せいかつ》しか知《し》らなくて、人間《にんげん》を怖《こわ》いと思《おも》っているような猫《ねこ》はもとの場所《ばしょ》に戻《もど》す。そして、その猫《ねこ》が幸《しあわ》せな一生《いっしょう》を過《す》ごせるようにごはんをあげ、ケガをしたり病《びょう》気《き》になったりしたら病院《びょういん》に連《つ》れていくなどしてお世話《せわ》をする。ごはんはプラスチックのトレーに入《い》れてあげて、猫《ねこ》たちが食《た》べ終《お》わったら片付《かたづ》ける。うんちがあれば掃除《そうじ》をする。

定山渓《じょうざんけい》は温泉《おんせん》のある観光地《かんこうち》だ。町《まち》がいつもキレイでないと観光客《かんこうきゃく》が来《き》てくれなくなる。ホテルや旅館《りょかん》の人《ひと》たちの中《なか》には、観光客《かんこうきゃく》が猫《ねこ》たちにあげるために道端《みちばた》や河原《かわら》にばらまくお菓子《かし》や惣菜《そうざい》の袋《ふくろ》とか、食《た》べ残《のこ》しに頭《あたま》を抱《かか》えている人《ひと》もいる。猫《ねこ》があたたかいところを探《さが》してホテルの建物《たてもの》の奥《おく》の方《ほう》まで入《はい》ってしまったり、食《た》べ物《もの》が欲《ほ》しくていたずらをしたりするのも、ホテルや旅館《りょかん》の人《ひと》たちはよく思《おも》っていない。

だからマリの母《かあ》さんは、猫《ねこ》のお世話《せわ》をするだけでなく、できるだけ猫《ねこ》が嫌《きら》われないように、ここにいさせてもらえるように努力《どりょく》している。

マリも、学校《がっこう》が休《やす》みの日《ひ》には母《かあ》さんと一緒《いっしょ》に定山渓《じょうざんけい》の猫《ねこ》たちのお世話《せわ》をするようになった。最初《さいしょ》のころはどんな作業《さぎょう》をしたらいいのかよくわからなかったけれど、毎日通《まいにちかよ》ってお世話《せわ》をするうちに「必要《ひつよう》なこと」がわかってきた。飼《か》い主《ぬし》のいない猫《ねこ》たちの不妊《ふにん》や去勢《きょせい》の手術《しゅじゅつ》をしてくれる動物病院《どうぶつびょういん》も見《み》つけた。

本当《ほんとう》は、マリの母《かあ》さんがしなければいけないことではないのかもしれない。でも、「かわいそう」と思《おも》ってお世話《せわ》をすると決《き》めた以上《いじょう》、そうするしかない。

「定《じょう》ニャンの会《かい》」、結成《けっせい》！

はじめのうちは、マリの母《かあ》さんがひとりで猫《ねこ》のお世話《せわ》をしていた。でも、本当《ほんとう》は母《かあ》さんひとりでやっていたわけではないことが、しばらくしてわかってきた。ときどき猫《ねこ》たちのいる場所《ばしょ》で顔《かお》を合《あ》わせる人《ひと》たちがいるのだ。できるだけ他人《たにん》に迷惑《めいわく》をかけたくないという母《かあ》さんは、その人《ひと》たちがいなくなるのを待《ま》って、猫《ねこ》たちのところに行《い》く。でも、その人《ひと》たちがいなくなったあとは、猫《ねこ》たちは「たくさん食《た》べました」という顔《かお》をして、満足《まんぞく》そうに毛繕《けづくろ》いをしている。

その日《ひ》も、母《かあ》さんより一足先《ひとあしさき》に猫《ねこ》たちのお世話《せわ》にきている人《ひと》たちがいた。

「あの人《ひと》たちも同《おな》じ気持《きも》ちで猫《ねこ》たちのお世話《せわ》をしてるのかな？」

車《くるま》の中《なか》でその人《ひと》たちがいなくなるのを待《ま》ちながら、母《かあ》さんがぽつりという。

「話《はな》しかけてみれば？」

マリがいう。同《おな》じ気持《きも》ちで猫《ねこ》たちのお世話《せわ》をしているなら、仲間《なかま》になれるかもしれない。

「そうだね、ちょっと声《こえ》をかけてみるよ」

母《かあ》さんはそういうとすぐに車《くるま》から降《お》りて、猫《ねこ》たちの様子《ようす》を見《み》ているふたりの女性《じょせい》のところに小《こ》走《ばし》りに駆《か》けていく。マリも気《き》になって車《くるま》から降《お》りて母《かあ》さんの後《あと》を追《お》う。

「すみませーん、あの、猫《ねこ》たちのことなんですけど……」

母《かあ》さんが声《こえ》をかけると、ふたりの女性《じょせい》が振《ふ》り向《む》く。若《わか》い方《ほう》の女性《じょせい》がにこやかに答《こた》える。

「こんにちは。私《わたし》たち、定山渓《じょうざんけい》の猫《ねこ》たちのためにボランティア活動《かつどう》をしているものです」

「ああ、そうなんですか。私《わたし》もここの猫《ねこ》たちにエサをあげたり、病院《びょういん》に連《つ》れていったりしているんですよ」

「そうなんですね。実《じつ》は私《わたし》たちも」

やっぱり、同《おな》じ気持《きも》ちの人《ひと》たちだった。マリはちょっとほっとした。母《かあ》さんみたいに「放《ほう》っておけない人《ひと》」が他《ほか》にもいるんだ、とわかって。

「今《いま》まではここよりもう少《すこ》し先《さき》のエリアにいる猫《ねこ》たちの不妊手術《ふにんしゅじゅつ》や去勢手術《きょせいしゅじゅつ》をしてきたんですが、そろそろこちらのエリアの子《こ》たちもと思《おも》って」

若《わか》い方《ほう》の女性《じょせい》が説明《せつめい》する。

「そうだったんですね。ここの猫《ねこ》たちは私《わたし》も何匹《なんびき》か不妊手術《ふにんしゅじゅつ》に連《つ》れていってますが、ひとりでやっていると、なかなか、ね」

「そうですよね。私《わたし》たちももともとそれぞれ個人的《こじんてき》に活動《かつどう》していたんですけど、仕事《しごと》もあるし家族《かぞく》もいるし、ひとりだと活動《かつどう》が限《かぎ》られてきちゃいますから、それで今《いま》はふたりで手分《てわ》けをしてやっています」

「よかったらお名前《なまえ》を教《おし》えていただけますか。私《わたし》は本条《ほんじょう》です。こちらは娘《むすめ》のマリです」

マリのことも紹介《しょうかい》しながら、母《かあ》さんがふたりに名前《なまえ》を聞《き》く。

「はい、高遠《たかとお》と申《もう》します」

母《かあ》さんと話《はな》していた若《わか》い方《ほう》の女性《じょせい》が先《さき》に答《こた》えると、

「私《わたし》は平井《ひらい》です」

にこにこしながら高遠《たかとお》さんと母《かあ》さんのやりとりを聞《き》いていた上品《じょうひん》そうな女性《じょせい》も答《こた》える。

「本条《ほんじょう》さん、もしよかったらこれから一緒《いっしょ》に活動《かつどう》しませんか？　忙《いそが》しくてエサをあげにこられない日《ひ》もあるだろうし、保護《ほご》した猫《ねこ》を預《あず》かってもらうとか、お互《たが》いに協力《きょうりょく》できることがあると思《おも》うんです」

高遠《たかとお》さんが穏《おだ》やかな口調《くちょう》でいう。

「まあ、本当《ほんとう》に？　それだと助《たす》かるわぁ。私《わたし》もここの猫《ねこ》たちのお世話《せわ》を始《はじ》めたばかりでいろいろわからないこともあるから教《おし》えてもらいたいし。それにね、ひとりでこれだけの猫《ねこ》たちのお世話《せわ》をするとなるとやっぱり大変《たいへん》っしょ」

母《かあ》さんはすっかり友達《ともだち》と話《はな》すような口調《くちょう》になっている。母《かあ》さんはこうやって、すぐに誰《だれ》とでも仲良《なかよ》くなってしまう。

「じゃあこれからは、どの猫《ねこ》の不妊手術《ふにんしゅじゅつ》をするかとか、相談《そうだん》しながら決《き》めましょう」

お互《たが》いの連絡先《れんらくさき》を交換《こうかん》して、母《かあ》さんとマリは高遠《たかとお》さんたちと別《わか》れた。

「母《かあ》さん、大丈夫《だいじょうぶ》？　なんか本格的《ほんかくてき》になってきちゃったよ？」

自分《じぶん》から話《はな》しかけてみればと母《かあ》さんにいったものの、あんまりとんとん拍子《びょうし》に話《はなし》がまとまって、マリはちょっと不安《ふあん》になる。

「大丈夫《だいじょうぶ》、大丈夫《だいじょうぶ》。あの人《ひと》たち、いい人《ひと》たちだってわかるもの。ここの猫《ねこ》たちに関《かか》わってしまったんだからとことん面倒《めんどう》をみたいけど、ひとりじゃ無理《むり》だなぁって思《おも》い始《はじ》めていたところだったしね」

こうして、マリの母《かあ》さんは高遠《たかとお》さん、平井《ひらい》さんたちと一緒《いっしょ》に活動《かつどう》をするようになった。何度《なんど》か話《はな》し合《あ》いをして、グループの名前《なまえ》も正式《せいしき》に「定《じょう》ニャンの会《かい》」と決《き》め、活動中《かつどうちゅう》は「定《じょう》ニャンの会《かい》」と書《か》かれた手作《てづく》りの腕章《わんしょう》を腕《うで》につけることにした。そうすれば、町《まち》の人《ひと》や観光客《かんこうきゃく》に「何《なに》をしているんですか」と聞《き》かれても、むやみにエサをあげるだけでなく、猫《ねこ》のお世話《せわ》をしたり、猫《ねこ》がこれ以上《いじょう》増《ふ》えないように活動《かつどう》したりしているグループだということを伝《つた》えることができる。

不妊《ふにん》や去勢《きょせい》の手術《しゅじゅつ》を終《お》えて戻《もど》ってきた猫《ねこ》たちには、首輪《くびわ》をつけることになった。それまでは動《どう》物病院《ぶつびょういん》で耳《みみ》に切《き》れ込《こ》みを入《い》れてもらってマークにしていたけど、札幌《さっぽろ》の保健所《ほけんじょ》では首輪《くびわ》をつけている猫《ねこ》は飼《か》い主《ぬし》がいるとみなされて殺処分《さつしょぶん》されないと聞《き》いたからだ。

マリの母《かあ》さんは、主《おも》に定山渓《じょうざんけい》のメインストリートにかかっている月見橋《つきみばし》から、そのすぐ側《そば》にある大《おお》きなホテルの周《まわ》りにいる猫《ねこ》たちの面倒《めんどう》を見《み》ていた。他《ほか》のエリアの猫《ねこ》たちの面倒《めんどう》は、それぞれ他《ほか》のメンバーがみている。

「定《じょう》ニャンの会《かい》」として活動《かつどう》するうちにメンバーも少《すこ》しずつ増《ふ》えて、今《いま》は正式《せいしき》メンバーが五人《ごにん》。加《くわ》えて、保護《ほご》した猫《ねこ》たちの預《あず》かりだけしてくれる仲間《なかま》や、エサやりをしてくれる仲間《なかま》もできた。

マリの家《いえ》でも何匹《なんびき》か、猫《ねこ》を預《あず》かるようになった。定山渓《じょうざんけい》で保護《ほご》され、飼《か》い主《ぬし》さん（里親《さとおや》）を探《さが》すことになった猫《ねこ》たちは、新《あたら》しい家族《かぞく》が見《み》つかるまでマリたちの家《いえ》で過《す》ごして、人間《にんげん》と暮《く》らすことに慣《な》れる練習《れんしゅう》をする。今《いま》は七匹《ななひき》の猫《ねこ》たちが、マリの家《いえ》で新《あたら》しい家族《かぞく》が決《き》まるのを待《ま》っている。

高遠《たかとお》さんや平井《ひらい》さんの家《いえ》でもそれぞれ、数匹《すうひき》ずつ猫《ねこ》を預《あず》かっているし、猫《ねこ》の預《あず》かり担当《たんとう》の仲間《なかま》のところで飼《か》い猫訓練《ねこくんれん》をしている猫《ねこ》たちもいる。みんなで協力《きょうりょく》して、定山渓《じょうざんけい》の猫《ねこ》たちのお世話《せわ》をしたり、里親《さとおや》を探《さが》したりしている。

猫《ねこ》を預《あず》かるにしても、外《そと》に暮《く》らす猫《ねこ》たちのお世話《せわ》をするにしても、病院《びょういん》に連《つ》れていくにしても、お金《かね》がかかる。だから、定《じょう》ニャンの会《かい》のメンバーたちは毎月《まいつき》お金《かね》を出《だ》し合《あ》って積《つ》み立《た》てをして、会《かい》の活動《かつどう》の費用《ひよう》にあてている。マリの母《かあ》さんがひとりでやっていたころは、もちろんお金《かね》は全部《ぜんぶ》、母《かあ》さんが出《だ》していた。そういうこともあって、活動費用《かつどうひよう》もみんなで協力《きょうりょく》し合《あ》えるのは、母《かあ》さんにとってとても負担《ふたん》が減《へ》ってありがたいことだ。

「猫《ねこ》、猫《ねこ》いってるうちに、なんだかうちの夕食《ゆうしょく》の品数《しなかず》が少《すく》なくなってきた気《き》がするな」

と父《とう》さんが愚痴《ぐち》をこぼしていた矢先《やさき》だったから、なおさらだ。そんなことをいいつつ、父《とう》さんも家《いえ》で預《あず》かる猫《ねこ》たちのことがかわいいみたいで、自分《じぶん》から進《すす》んで猫《ねこ》たちのトイレ掃除《そうじ》をしたり、エサをあげたり、猫《ねこ》たちを遊《あそ》ばせてくれたりしている。

マリも母《かあ》さんに付《つ》き合《あ》って定山渓《じょうざんけい》の猫《ねこ》たちの世話《せわ》をしたり、うちで預《あず》かっている猫《ねこ》たちと遊《あそ》ぶうちに猫《ねこ》が大好《だいす》きになった。大《おお》きなおとなの猫《ねこ》に見《み》えても、おもちゃを投《な》げると興奮《こうふん》して走《はし》り回《まわ》ったり取《と》ろうとしたりして、すごくやんちゃだ。それぞれみんな模様《もよう》も体《からだ》の大《おお》きさも違《ちが》うし、性《せい》格《かく》も違《ちが》う。

それに、猫《ねこ》たちの面倒《めんどう》を見《み》るうちに、マリは猫《ねこ》たちの表情《ひょうじょう》が変化《へんか》することに気《き》づいた。今《いま》まで外《そと》で暮《く》らしていたときにはすごく目《め》つきが悪《わる》くて怖《こわ》い顔《かお》をしていた猫《ねこ》でも、家《いえ》の中《なか》に入《はい》って人間《にんげん》に慣《な》れてくると、すごく愛《あい》らしい表情《ひょうじょう》に変《か》わる。外《そと》は寒《さむ》いし、車《くるま》も通《とお》るし、猫嫌《ねこぎら》いの人《ひと》にいじめられたりもする。でも、マリたちのうちに来《き》てごはんをたくさん食《た》べて、あたたかいところで眠《ねむ》って、マリたちと遊《あそ》んでいると、猫《ねこ》たちの目《め》つきが穏《おだ》やかになる。

「猫《ねこ》って、大事《だいじ》にされていたら幸《しあわ》せだと思《おも》うんだね、母《かあ》さん」

「本当《ほんとう》に、人間《にんげん》と同《おな》じだねぇ」

猫《ねこ》たちの表情《ひょうじょう》の変化《へんか》を見《み》ていると、定《じょう》ニャンの会《かい》のしていることは無意味《むいみ》じゃないんだなってマリも改《あらた》めて思《おも》う。母《かあ》さんたちの活動《かつどう》のお手伝《てつだ》いができることを、マリはちょっとだけ誇《ほこ》らしく思《おも》っている。

グループで活動《かつどう》を始《はじ》めて二年《にねん》ほどたつと、定《じょう》ニャンの会《かい》の活動《かつどう》もすっかり板《いた》についてきた。はじめのころは百匹以上《ひゃっぴきいじょう》の猫《ねこ》たちが定山渓《じょうざんけい》にいたけど、今《いま》はその半分《はんぶん》くらいに里親《さとおや》が見《み》つかり、新《あたら》しい家族《かぞく》の家《いえ》で飼《か》い猫《ねこ》になっている。定山渓《じょうざんけい》に戻《もど》された猫《ねこ》たちも、不妊《ふにん》や去勢《きょせい》の手術《しゅじゅつ》をしたしるしの首輪《くびわ》をつけている。それでも、誰《だれ》も知《し》らないうちにこっそり猫《ねこ》を捨《す》てにくる人《ひと》がいるので、新《あたら》しい猫《ねこ》がエサ場《ば》に現《あらわ》れることが今《いま》でもときどきある。

まるちゃんとの出会《であ》い

長《なが》い冬《ふゆ》が終《お》わって、かわいいピンク色《いろ》のエゾヤマザクラが定山渓《じょうざんけい》に春《はる》が来《き》たことを告《つ》げるころのこと。六年生《ろくねんせい》になったマリは、母《かあ》さんといつものように定山渓《じょうざんけい》の猫《ねこ》たちの様子《ようす》を見《み》にやってきた。母《かあ》さんがホテルの近《ちか》くの公園《こうえん》にいる猫《ねこ》たちのお世話《せわ》をしている間《あいだ》、マリは月見橋《つきみばし》の方《ほう》を見《み》てくることにした。月見橋《つきみばし》の下《した》にある河原《かわら》も、猫《ねこ》たちがたくさんいるエリアだ。

真冬《まふゆ》には積《つ》もった雪《ゆき》で河原《かわら》が真《ま》っ白《しろ》になっていたけど、温泉《おんせん》をひくための太《ふと》いパイプの周《まわ》りは雪《ゆき》がなく、頭《あたま》や体《からだ》に雪《ゆき》を積《つ》もらせた猫《ねこ》たちがパイプの上《うえ》に行儀《ぎょうぎ》よく一列《いちれつ》に並《なら》んで体《からだ》をあたためているのを、マリもよく見《み》た。

雪《ゆき》が溶《と》けると猫《ねこ》たちもほっとした様子《ようす》で、河原《かわら》を自由気《じゆうき》ままに歩《ある》き回《まわ》っている。そんな猫《ねこ》たちの様子《ようす》を橋《はし》の上《うえ》から見《み》ていたマリの足元《あしもと》で、小《ちい》さな白《しろ》い影《かげ》がちょろちょろっと動《うご》いた。

（あ、子猫《こねこ》だ！）

さっきまで姿《すがた》が見《み》えなかったのにいつの間《ま》にかそこにいて、風《かぜ》に揺《ゆ》れる小《ちい》さな白《しろ》い花《はな》にじゃれてひとりで遊《あそ》んでいる。体《からだ》は白《しろ》っぽくて、背中《せなか》の方《ほう》が少《すこ》し薄《うす》い茶色《ちゃいろ》がかっていて、顔《かお》は耳《みみ》から目《め》の周《まわ》り、鼻《はな》のあたりまでこげ茶色《ちゃいろ》をしたタヌキみたいな顔《かお》の子猫《こねこ》だ。

（はじめて見《み》る子《こ》……きっと、誰《だれ》かが子猫《こねこ》を産《う》んだんだ！）

母《かあ》さんたちが本格的《ほんかくてき》に活動《かつどう》をはじめてから、定山渓《じょうざんけい》で子猫《こねこ》が生《う》まれることがめっきり減《へ》ってきている。もちろん、まだすべての猫《ねこ》たちの不妊《ふにん》や去勢《きょせい》の手術《しゅじゅつ》が終《お》わっているわけではないけど、以前《いぜん》とくらべたら子猫《こねこ》が生《う》まれる数《かず》がだいぶ減《へ》ってきている。生《う》まれた子猫《こねこ》たちには里親《さとおや》さんを見《み》つけているし、その子猫《こねこ》たちを産《う》んだ母《かあ》さん猫《ねこ》たちにも、それぞれ不妊手術《ふにんしゅじゅつ》をして元《もと》の場所《ばしょ》に戻《もど》すか、里親《さとおや》さんを見《み》つけている。

マリは母《かあ》さんのところに走《はし》って戻《もど》っていった。

「母《かあ》さん、子猫《こねこ》いたよ！」

「え、ほんとう？」

「うん、月見橋《つきみばし》の方《ほう》」

「昨日《きのう》まで見《み》なかったのにね」

母《かあ》さんはそういいながら、もう橋《はし》の方《ほう》に向《む》かっている。マリも場所《ばしょ》を教《おし》えるために後《うし》ろからついていく。すると、さっき見《み》た子猫《こねこ》の他《ほか》にもう一匹《いっぴき》、別《べつ》の子猫《こねこ》がいるのに気《き》づいた。今度《こんど》は二匹《にひき》で一緒《いっしょ》に遊《あそ》んでいる。

「二匹《にひき》いるね。二《に》か月《げつ》くらいかな」

「うん。さっきはこっちの顔《かお》の黒《くろ》っぽい方《ほう》の子《こ》しかいなかったけど」

もう一匹《いっぴき》は鼻《はな》のあたりに濃《こ》い茶色《ちゃいろ》の模様《もよう》が点々《てんてん》とある。

「どっちもシャム系《けい》だからきょうだいだろうね。顔《かお》の黒《くろ》っぽい方《ほう》は女《おんな》の子《こ》、点々《てんてん》がある方《ほう》が男《おとこ》の子《こ》みたいだね」

母《かあ》さんが子猫《こねこ》たちの様子《ようす》を見《み》ていていう。

マリと母《かあ》さんは橋《はし》の上《うえ》から河原《かわら》の方《ほう》を見下《みお》ろしてみた。

「たぶん、あの大《おお》きなパイプの中《なか》で子猫《こねこ》が生《う》まれたんじゃないかな」

河原《かわら》の端《はし》っこにある黒《くろ》いゴム製《せい》のパイプを指《ゆび》さして母《かあ》さんがいう。これまでの経験《けいけん》からわかる

みたいだ。

その黒《くろ》いパイプはもう古《ふる》くなって使《つか》われていないけど、周《まわ》りに温泉《おんせん》を通《とお》すパイプがあって、その黒《くろ》いパイプの周《まわ》りも雪《ゆき》が溶《と》けている。黒《くろ》いパイプはどこにもつながっていなくて途《と》中《ちゅう》で切《き》れていて、猫《ねこ》たちがトンネルのように出入《でい》りするのをマリも何度《なんど》か見《み》たことがあった。

子猫《こねこ》たちはそこで生《う》まれて、今《いま》までその中《なか》に隠《かく》れていたようだ。二《に》か月《げつ》というと、もうそろそろ母猫《ははねこ》の手《て》を離《はな》れて自分《じぶん》でエサをとったりする練習《れんしゅう》をするようになるころだ。

「この子《こ》たちの母《かあ》さんと父《とう》さんは、誰《だれ》なのかな」

「わかんないね。ちょっと前《まえ》にもシャム系《けい》の子猫《こねこ》が生《う》まれたことがあったから、父《とう》さんか母《かあ》さんのどっちかが同《おな》じなんだろうね」

子猫《こねこ》たちはむじゃきにちょこまかと動《うご》き回《まわ》って遊《あそ》んでいる。

月見橋《つきみばし》は定山渓《じょうざんけい》のメインストリートにもなっている橋《はし》で、ひっ

きりなしに車《くるま》が通《とお》る。子猫《こねこ》たちが遊《あそ》びに夢中《むちゅう》で道路《どうろ》に飛《と》び出《だ》してしまったらと思《おも》うと、マリは心《しん》配《ぱい》になる。

「したら、また高遠《たかとお》さんたちと相談《そうだん》して保護《ほご》しないと」

母《かあ》さんがひとりごとのようにいう。

「きっとすぐに里親《さとおや》さん見《み》つかるよね？」

「うん、めんこいもんねぇ。こっちの黒《くろ》っぽい顔《かお》の女《おんな》の子《こ》は顔《かお》が真《ま》ん丸《まる》だからまるちゃん、鼻《はな》の周《まわ》りに点々模様《てんてんもよう》のある男《おとこ》の子《こ》は鼻黒《はなくろ》てんてんだね」

母《かあ》さんが、早《はや》くも勝手《かって》に名前《なまえ》をつけている。

「鼻黒《はなくろ》てんてんなんて、もうちょっとかわいい名前《なまえ》つけてあげようよ」

「わかりやすくていいっしょ。てんてんだってかわいいっしょ」

母《かあ》さんはひとりで納得《なっとく》して、満足《まんぞく》しているようだ。母《かあ》さんの猫《ねこ》のネーミングセンスはいつもこんな感《かん》じで、鼻《はな》に模様《もよう》がついていたら「鼻《はな》ぽっち」だし、毛《け》の長《なが》い猫《ねこ》は「ロン毛《げ》ちゃん」だ。マリとしては、母《かあ》さんのネーミングセンスはちょっと不満《ふまん》だ。

（マリだったら、もっとかわいい名前《なまえ》をつけてあげるのに）

そうはいっても、結局《けっきょく》、マリも母《かあ》さんのつけた名前《なまえ》で猫《ねこ》たちを呼《よ》んでしまうのだけど。

「したっけ、まるちゃん、鼻黒《はなくろ》てんてん、またね！」

マリと母《かあ》さんは子猫《こねこ》たちにもごはんをあげて、その場《ば》を離《はな》れた。

まるちゃんがいない

「母《かあ》さん、最近《さいきん》まるちゃんを見《み》ないよね」

月見橋《つきみばし》のところで、鼻黒《はなくろ》てんてんや他《ほか》の猫《ねこ》たちにごはんをあげながらマリがいう。鼻黒《はなくろ》てんてんとまるちゃんきょうだいと出会《であ》ってから二《に》か月《げつ》くらいが過《す》ぎて、定山渓《じょうざんけい》を囲《かこ》む山々《やまやま》もすっかり緑《みどり》を取《と》り戻《もど》したころだ。この日《ひ》は少《すこ》し動《うご》くと汗《あせ》ばむくらいの陽気《ようき》だ。

もう少《すこ》ししたらまるちゃんと鼻黒《はなくろ》てんてんを保護《ほご》して不妊《ふにん》や去勢《きょせい》の手術《しゅじゅつ》をしようと、母《かあ》さんと高遠《たかとお》さんたちがつい先日《せんじつ》、話《はな》し合《あ》っているのをマリも聞《き》いている。

定《じょう》ニャンの会《かい》のメンバーの家《いえ》には、それぞれ里親募集中《さとおやぼしゅうちゅう》の猫《ねこ》たちがたくさんいて、新《あたら》しく保護《ほご》猫《ねこ》を預《あず》かる余裕《よゆう》が今《いま》はない。預《あず》かり猫《ねこ》たちの里親《さとおや》さんが決《き》まってスペースに空《あ》きができたら、まるちゃんや鼻黒《はなくろ》てんてんを保護《ほご》しようという話《はなし》になっている。

「うん、どうしちゃったんだろうね。交通事故《こうつうじこ》にでもあったか、誰《だれ》かに拾《ひろ》われたのか……誰《だれ》かが大事《だいじ》に飼《か》ってくれているならいいけどねぇ」

母《かあ》さんも心配《しんぱい》そうだ。

つい先日《せんじつ》までまるちゃんも鼻黒《はなくろ》てんてんも元気《げんき》いっぱいに遊《あそ》んでいたし、ごはんもたくさん食《た》べて体《からだ》も日《ひ》に日《ひ》に大《おお》きくなっていた。このあたりで猫《ねこ》の交通事故《こうつうじこ》があったという話《はなし》はここ数日《すうじつ》は聞《き》いていない。それなのに、それまで毎日《まいにち》、月見橋《つきみばし》のたもとで会《あ》っていたまるちゃんが、この一《いっ》週間《しゅうかん》ほど姿《すがた》を見《み》せていない。

マリと母《かあ》さんは、河原《かわら》やホテルの周《まわ》りや近《ちか》くの公園《こうえん》の方《ほう》までまるちゃんを捜《さが》しに行《い》ってみたけれど、見《み》つけることはできなかった。

まるちゃんの病気《びょうき》

まるちゃんが姿《すがた》を消《け》してから半年以上《はんとしいじょう》がたった。定山渓《じょうざんけい》はまた、外《そと》で暮《く》らす猫《ねこ》たちにとってつらい雪《ゆき》にうもれる季節《きせつ》になった。北海道《ほっかいどう》の冬《ふゆ》はとても長《なが》く、三月《さんがつ》の終《お》わりころになってもまだたくさん雪《ゆき》が残《のこ》っている。

定《じょう》ニャンの会《かい》では、観光客《かんこうきゃく》やホテルの人《ひと》たちに迷惑《めいわく》をかけないようにできるだけ夜《よる》に定山渓《じょうざんけい》に来《く》るようにしている。それに、昼間《ひるま》に猫《ねこ》たちにごはんをあげるとカラスもやってくる。カラスは猫《ねこ》と違《ちが》って野生動物《やせいどうぶつ》だから、本当《ほんとう》はずっと山《やま》の中《なか》にいて欲《ほ》しいのだけど、そういうわけにもいかない。猫《ねこ》のごはんを狙《ねら》うだけならまだいいけれど、カラスは子猫《こねこ》とか病気《びょうき》やケガをして弱《よわ》った猫《ねこ》とかを襲《おそ》うこともあるから、カラスが来《く》る時間帯《じかんたい》にはごはんをあげないことにしている。

この日《ひ》も、マリは母《かあ》さんと一緒《いっしょ》に定山渓《じょうざんけい》にやってきた。友達《ともだち》との約束《やくそく》や塾《じゅく》のない日《ひ》は、マリは母《かあ》さんと一緒《いっしょ》に定山渓《じょうざんけい》に行《い》く。来週《らいしゅう》になったらマリももう中学生《ちゅうがくせい》だ。

「ねえ、母《かあ》さん、今度《こんど》は鼻黒《はなくろ》てんてんがいないよ？」

「そうなんだよね。どうしちゃったんだろう……春先《はるさき》に生《う》まれて夏《なつ》に成長《せいちょう》する子猫《こねこ》は、だいたいは冬《ふゆ》も乗《の》り越《こ》えられるんだけどねぇ」

鼻黒《はなくろ》てんてんも、ある日《ひ》、急《きゅう》にいなくなってしまった。もう生後《せいご》半年《はんとし》以上《いじょう》で、もう少《すこ》しでおとなというくらいの大《おお》きさになっていた。本当《ほんとう》はもっと早《はや》く保護《ほご》したかったのに、病気《びょうき》の猫《ねこ》を優先《ゆうせん》したりしているうちに時間《じかん》がたってしまった。

それに、このあたりの女《おんな》の子《こ》の猫《ねこ》はほとんど不妊手術《ふにんしゅじゅつ》が終《お》わっているので、鼻黒《はなくろ》てんてんや他《ほか》の男《おとこ》の子《こ》の猫《ねこ》と結婚《けっこん》しても子供《こども》を産《う》むことはない。そういう安心《あんしん》もあって、男《おとこ》の子《こ》の鼻黒《はなくろ》てんてんの保護《ほご》は少《すこ》し先延《さきの》ばしになっていた。

「少《すこ》し無理《むり》をしてでも、鼻黒《はなくろ》てんてんも早《はや》めに保護《ほご》しておいた方《ほう》がよかったのかなぁ」

母《かあ》さんがため息《いき》まじりにいう。

(誰《だれ》かが鼻黒《はなくろ》てんてんを飼《か》ってくれてるといいな……)

そう思《おも》いながら、マリは母《かあ》さんと一緒《いっしょ》にいつも猫《ねこ》たちがいるホテルの裏側《うらがわ》に向《む》かった。ホテルの裏側《うらがわ》には温泉用《おんせんよう》のパイプが通《とお》っていて、猫《ねこ》たちのたまり場《ば》になっている。このエリアでも定《じょう》ニャンの会《かい》は既《すで》に何匹《なんびき》も猫《ねこ》を保護《ほご》して里親《さとおや》さんを見《み》つけているから、ここに住《す》みついている猫《ねこ》の数《かず》もずいぶん減《へ》ってきた。

マリたちがやってくると、どこかで見《み》ているのか猫《ねこ》たちが寄《よ》ってくる。みんな、マリたちがエサをくれる人《ひと》だとわかっている。いつもの顔《かお》ぶれがそろって、ごはんの時間《じかん》が始《はじ》まる。

猫《ねこ》たちがごはんを食《た》べているとき、マリはふと何《なに》かが動《うご》く気配《けはい》を感《かん》じて後《うし》ろを振《ふ》り返《かえ》った。すると、ホテルの建物《たてもの》の角《かど》で直径二十《ちょっけいにじっ》センチくらいの温泉用《おんせんよう》パイプがホテルの壁《かべ》に沿《そ》って角《かど》を曲《ま》がるようにめぐらされているところに、ちょこんと丸《まる》まるようにして座《すわ》っている猫《ねこ》がいるのに気《き》づいた。その猫《ねこ》は、体《からだ》は白《しろ》っぽいけど背中《せなか》の方《ほう》が少《すこ》し薄《うす》い茶色《ちゃいろ》で、顔《かお》は目《め》の周《まわ》りから鼻《はな》にかけて、濃《こ》いこげ茶色《ちゃいろ》をしていた。

（あれ？　この子《こ》……）

マリは、見《み》たことがある猫《ねこ》だと思《おも》った。その猫《ねこ》は、ごはんを食《た》べている他《ほか》の猫《ねこ》たちと少《すこ》し距離《きょり》をおいてじっとマリたちの方《ほう》を見《み》ている。

「ねえ、母《かあ》さん、あの子《こ》……」

「ん？　あれ？　まるちゃん？　まるちゃんじゃないかい!?」

母《かあ》さんがびっくりしたような声《こえ》を出《だ》していう。

「やっぱり？　夏《なつ》にいなくなっちゃったまるちゃんだよね？」

「まるちゃんだよ、この子《こ》！　まるちゃん、あんた、生《い》きてたんだ！　よかったぁ。ずいぶん心《しん》配《ぱい》したんだよぉ」

母《かあ》さんがまるちゃんに近《ちか》づいていって、話《はな》しかける。半年《はんとし》もたっているから、まるちゃんはたぶん母《かあ》さんのこともマリのことももう覚《おぼ》えていない。でも、とくに逃《に》げるでもなく、じっと同《おな》じ姿勢《しせい》のままパイプの上《うえ》で丸《まる》まっている。

「まるちゃん、みんなと一緒《いっしょ》にごはん食《た》べればいいっしょ」

母《かあ》さんがまるちゃんに話《はな》しかけるけど、まるちゃんは他《ほか》の猫《ねこ》たちのところに行《い》こうとしない。そうこうするうちに、ごはんを食《た》べ終《お》わった猫《ねこ》のうちの一《いっ》匹《ぴき》がまるちゃんの方《ほう》にやってきて、「ううううう……」と低《ひく》い声《こえ》で威嚇《いかく》を始《はじ》めた。ソラくんという名前《なまえ》の男《おとこ》の子《こ》で、定《じょう》ニャンの会《かい》がつけた去勢済《きょせいず》みのしるしの青《あお》い首輪《くびわ》をしている。

「こら、ダメだよ」

マリが、ソラくんをたしなめる。すると、まるちゃんはパイプの上《うえ》で器用《きよう》にくるっと向《む》きを変《か》えて、パイプの上《うえ》を歩《ある》いてホテルの角《かど》を曲《ま》がっていってしまった。

「ソラくんはまるちゃんが嫌《きら》いなのかい？」

母《かあ》さんが今度《こんど》はソラくんに話《はな》しかけている。

「まるちゃん、生《い》きててよかったね、母《かあ》さん！」

「ほんとだねぇ。まるちゃんがいなくなって、鼻黒《はなくろ》てんてんもいなくなっちゃって……すっかり大《おお》きくなっていたけど、間違《まちが》いなくまるちゃんだったね」

「うん、まるちゃんだと思《おも》う。タヌキっぽかったもん」

マリは強《つよ》く頷《うなず》く。

「今《いま》までどこにいたんだろうね。誰《だれ》かに拾《ひろ》われて、また捨《す》てられちゃったのかな……」

母《かあ》さんが不思議《ふしぎ》そうにいう。定山渓《じょうざんけい》にいれば、マリや母《かあ》さんが見《み》なくても高遠《たかとお》さんや平井《ひらい》さんや他《ほか》のメンバーがどこかで見《み》かけているはずなのに、この半年《はんとし》、まるちゃんを見《み》た人《ひと》はいなかった。母《かあ》さんがいうように、しばらく誰《だれ》かの家《いえ》にいたのかもしれない。

それからは毎日《まいにち》、同《おな》じ場所《ばしょ》でまるちゃんに会《あ》うようになった。毎日《まいにち》ごはんをあげるうちに、まるちゃんはすっかりマリと母《かあ》さんになついてくれるようになった。まるちゃんはいつも、ホテルの建物《たてもの》の角《かど》で温泉《おんせん》のパイプが壁《かべ》に沿《そ》って曲《ま》がっているところにちょこんと座《すわ》って、マリと母《かあ》さんを待《ま》っている。

「まるちゃん、ちゃんとおっちゃんこして、えらいねぇ」

母《かあ》さんはいつも、まるちゃんに優《やさ》しく話《はな》しかけてからごはんをあげる。マリは他《ほか》の猫《ねこ》たちがまるちゃんをいじめないよう、見張《みは》っている。

まるちゃんはどうやら他《ほか》の猫《ねこ》たちとあまり仲良《なかよ》くないようで、他《ほか》の猫《ねこ》たちはいつもまるちゃんが来《く》ると威嚇《いかく》をする。マリは、まるちゃんがいじめられっ子《こ》みたいで、なんだかかわいそうな気《き》がする。

母《かあ》さんはまるちゃんがひとりでゆっくりごはんを食《た》べられるよう、近《ちか》くまでごはんを持《も》っていく。まるちゃんはまるちゃんがひとりでゆっくりごはんを食《た》べる。


でも、マリには少《すこ》し気《き》になることがあった。

「ねえ、母《かあ》さん、まるちゃんさ、なんか変《へん》じゃない？」

「なにが？」

「なんか、息《いき》のしかたが変《へん》じゃない？」

「そうかい？」

マリにいわれて、母《かあ》さんがまるちゃんに近《ちか》づいて様子《ようす》を見《み》ようとする。

「そういわれてみると、なんだか呼吸《こきゅう》のリズムが一定《いってい》しないね」

「うん。それに、ときどきいびきみたいな音《おと》を出《だ》すんだよ」

「ああ、ほんとだ。なんだろね、これ。まるちゃん、どうしたんだい？　苦《くる》しいかい？」

まるちゃんはもちろん教《おし》えてはくれない。でも、確《たし》かにまるちゃんの呼吸《こきゅう》はどこかおかしい。

「この耳《みみ》も、おかしいよね？」

まるちゃんの耳《みみ》は、月見橋《つきみばし》あたりにいたころは、ふつうの猫《ねこ》の三角耳《さんかくみみ》だったのに、戻《もど》ってきてからは左側《ひだりがわ》の耳《みみ》がぺしゃんとへこんだみたいに倒《たお》れてしまっていた。

「ケンカしてケガしたのかな。呼吸《こきゅう》も心配《しんぱい》だし、一度《いちど》、病院《びょういん》でみてもらった方《ほう》がいいかもねぇ。そろそろ不妊手術《ふにんしゅじゅつ》もしないといけないし」

母《かあ》さんはさっそく高遠《たかとお》さんに連絡《れんらく》をして、定《じょう》ニャンの会《かい》でまるちゃんを保護《ほご》することになった。ちょうどつい先日《せんじつ》、平井《ひらい》さんのうちで預《あず》かっていたおとなの猫二匹《ねこにひき》に里親《さとおや》さんが決《き》まって、保護《ほご》猫《ねこ》スペースに空《あ》きができたばかりだ。

さっそく、二日後《ふつかご》にまるちゃんを保護《ほご》することが決《き》まった。高遠《たかとお》さんが猫用《ねこよう》の捕獲機《ほかくき》を持《も》ってきたけど、まるちゃんは母《かあ》さんが抱《だ》っこしてそのまま猫用《ねこよう》のキャリーバッグに入《い》れた。まるちゃんはもともとおとなしい性格《せいかく》だし、母《かあ》さんにはすっかりなついていて、抱《だ》っこされても逃《に》げずにすなおにバッグに入《はい》ってくれた。

「こんなおとなしい子《こ》なら、里親《さとおや》さんもすぐに見《み》つかるかもしれませんね」

高遠《たかとお》さんがいう。

「でも、呼吸《こきゅう》が変《へん》っしょ。何《なに》かの病気《びょうき》だったら、不妊手術《ふにんしゅじゅつ》しても里親《さとおや》さんを探《さが》さずうちの子《こ》にしようかと思《おも》ってるんだよね」

母《かあ》さんの突然《とつぜん》の宣言《せんげん》に、マリが驚《おどろ》いていう。

「まるちゃん、うちの子《こ》になるの？」

「いや、まだわかんないけどね。もうすぐ引《ひ》っ越《こ》しして部屋数《へやかず》も増《ふ》えるから、まるちゃんを受《う》け入《い》れることはできると思《おも》うの。でも、まずは病院《びょういん》に行《い》かないとね」

母《かあ》さんとマリは、高遠《たかとお》さんと別《わか》れてすぐにまるちゃんを動物病院《どうぶつびょういん》に連《つ》れていった。動物病院《どうぶつびょういん》では、病気《びょうき》がないか検査《けんさ》をしてくれる。できれば、不妊手術《ふにんしゅじゅつ》の日程《にってい》も決《き》めてしまいたいと母《かあ》さんは思《おも》っている。

でも、診察室《しんさつしつ》から出《で》てきた先生《せんせい》の口《くち》から、思《おも》いがけない言葉《ことば》が飛《と》び出《だ》した。

「まるちゃんですが、不妊手術《ふにんしゅじゅつ》はやめた方《ほう》がいいと思《おも》います」

「え!? どうしてですか？」

母《かあ》さんが聞《き》き返《かえ》す。

「呼吸《こきゅう》がおかしいのでレントゲンをとってみたところ、横隔膜《おうかくまく》ヘルニアという病気《びょうき》でした」

「横隔膜《おうかくまく》ヘルニア？」

「はい。胸《むね》とおなかを分《わ》けている横隔膜《おうかくまく》という膜《まく》が裂《さ》けて、おなかの臓器《ぞうき》が飛《と》び出《だ》してしまう病気《びょうき》です。それが胸《むね》や肺《はい》を圧迫《あっぱく》するため、呼吸《こきゅう》がしづらくなるんです。圧迫《あっぱく》がひどくなると胃《い》にも影響《えいきょう》が出《で》て、食欲《しょくよく》がなくなって、死《し》んでしまうこともあります。生《う》まれつき横隔膜《おうかくまく》ヘルニアという場合《ばあい》もありますが、交通事故《こうつうじこ》とか高《たか》いところから落《お》ちたりしてケガをしてなる場合《ばあい》もあります」

「交通事故《こうつうじこ》とかでなるんですか……。この子《こ》、半年《はんとし》くらい姿《すがた》が見《み》えなかったんですよ。もしかしてその間《あいだ》に……」

「なんともいえませんが、可能性《かのうせい》はあります。いずれにしても、まるちゃんの今《いま》の体力《たいりょく》では不妊手術《ふにんしゅじゅつ》は耐《た》えられないと思《おも》います。横隔膜《おうかくまく》ヘルニアも早《はや》い段階《だんかい》なら手術《しゅじゅつ》で治《なお》せたかもしれませんが、だいぶ進行《しんこう》していて、手術《しゅじゅつ》をするとかえって危険《きけん》かもしれません」

「そう……ですか……」

母《かあ》さんも先生《せんせい》も深刻《しんこく》な顔《かお》をしている。先生《せんせい》のいっていることは難《むずか》しいけど、まるちゃんが大変《たいへん》な病気《びょうき》にかかっていることはマリにもわかる。

耳《みみ》の方《ほう》は、耳血腫《みみけっしゅ》といって、耳《みみ》の三角《さんかく》が風船《ふうせん》のようにふくらんでしまう病気《びょうき》だったようだ。耳《みみ》を強《つよ》く打《う》って内側《うちがわ》で血《ち》が出《で》てしまったり、ケガをして傷口《きずぐち》からバイキンが入《はい》り込《こ》んでしまったりするとなってしまう病気《びょうき》らしい。耳《みみ》ダニという虫《むし》のせいで外耳炎《がいじえん》になり、痒《かゆ》くて頭《あたま》を振《ふ》りすぎたり耳《みみ》を硬《かた》いところにこすりつけすぎたりして耳《みみ》の柔《やわ》らかい骨《ほね》が折《お》れると、中《なか》で血《ち》が出《で》て、血《ち》の塊《かたまり》ができてしまう場合《ばあい》もあるそうだ。ふくらんだ耳《みみ》は、しばらくして空気《くうき》が抜《ぬ》けたみたいにぺたっと倒《たお》れてしまうのだという。

「耳《みみ》ダニのせいかもしれないし、横隔膜《おうかくまく》ヘルニアのことを考《かんが》えると、交通事故《こうつうじこ》の可能性《かのうせい》もあるのかなと思《おも》います」

動物病院《どうぶつびょういん》の先生《せんせい》が説明《せつめい》をしてくれる。

（まるちゃん、半年《はんとし》の間《あいだ》に、何《なに》があったの……？）

野良《のら》として生《う》まれたまるちゃん。まるちゃんの父《とう》さんや母《かあ》さんはもともとは人間《にんげん》に捨《す》てられた猫《ねこ》だから、まるちゃんも捨《す》てられた猫《ねこ》の子供《こども》ということになる。そのまるちゃんが、もし人間《にんげん》の運転《うんてん》する車《くるま》で交通事故《こうつうじこ》にあっていたとしたら……。捨《す》て猫《ねこ》の不幸《ふこう》をすべて背負《せお》ってしまったみたいなまるちゃんに、マリは人間《にんげん》としてすごく申《もう》し訳《わけ》ない気持《きも》ちでいっぱいだ。

（まるちゃんは何《なに》も悪《わる》くないのに……）

病院《びょういん》が終《お》わると、マリたちはまるちゃんを平井《ひらい》さんのうちに連《つ》れて行《い》った。

平井《ひらい》さんは、まるちゃんのために家《いえ》の中《なか》でも一番《いちばん》あたたかい陽《ひ》ざしの入《はい》る部屋《へや》にケージを置《お》いて待《ま》っていてくれた。平井《ひらい》さんが「サンルーム」と呼《よ》んでいる一階《いっかい》のリビング横《よこ》の部屋《へや》で、庭《にわ》に面《めん》している。ここなら昼間《ひるま》は日向《ひなた》ぼっこができるし、他《ほか》の預《あず》かり猫《ねこ》たちと会《あ》うこともないからまるちゃんも少《すこ》しはゆっくりできるかもしれない。

「どっちみち、この体《からだ》じゃもう外《そと》に返《かえ》すことはできないもんね。他《ほか》の猫《ねこ》たちがまるちゃんを嫌《きら》っていたのは、まるちゃんの体《からだ》が弱《よわ》っていたからかもしれないねぇ」

母《かあ》さんはケージの入《い》り口《ぐち》から手《て》を入《い》れて、まるちゃんの体《からだ》を優《やさ》しくなでながらいう。

まるちゃんは、はじめて来《く》る場所《ばしょ》で緊張《きんちょう》しているようだ。目《め》を真《ま》ん丸《まる》にして、残《のこ》っている右耳《みぎみみ》を少《すこ》し斜《なな》めにしている。まるちゃんには少《すこ》し窮屈《きゅうくつ》だけど、平井《ひらい》さんのうちに慣《な》れるまでしばらくはケージの中《なか》で過《す》ごしてもらう予定《よてい》だ。

一回目《いっかいめ》の脱走《だっそう》

翌朝《よくあさ》、マリは母《かあ》さんの悲鳴《ひめい》にも似《に》た大《おお》きな声《こえ》で目《め》を覚《さ》ました。

「母《かあ》さん、どうしたの!?」

パジャマのまま、急《いそ》いで階段《かいだん》を駆《か》け下《お》りた。母《かあ》さんは電話口《でんわぐち》で「うん、うん」と頷《うなず》きながら深刻《しんこく》そうな顔《かお》をして話《はなし》をしている。

母《かあ》さんが電話《でんわ》を切《き》ると、マリはもう一度《いちど》聞《き》いた。

「どうしたの?」

「まるちゃんがいなくなっちゃったんだって!」

「え?　平井《ひらい》さんのおうちで?」

「そう。ちょっとこれから見《み》に行《い》ってくるよ」

「マリも行《い》く！」

母《かあ》さんとマリはすぐに車《くるま》に乗《の》って、平井《ひらい》さんのうちに向《む》かうことにした。マリたちの家《いえ》から車《くるま》で十分《じっぷん》ほどだ。

平井《ひらい》さんのうちに着《つ》くと、平井《ひらい》さんがおどおどした様子《ようす》で玄関《げんかん》に出《で》て迎《むか》えてくれた。マリと母《かあ》さんはすぐに上《あ》がり込《こ》んで、リビングの隣《となり》のサンルームに入《はい》った。でも、昨日《きのう》まるちゃんを入《い》れたはずのケージの中《なか》に、まるちゃんの姿《すがた》がない。

「朝《あさ》、ごはんをあげようと思《おも》ってサンルームに来《き》たら、もういなかったのよ」

平井《ひらい》さんが申《もう》し訳《わけ》なさそうにいう。

ケージの出《で》入《い》り口《ぐち》は閉《し》まったまま。まるちゃんが手品《てじな》でも使《つか》ったのかと思《おも》うくらい、どこも開《あ》いていない。

「ここしか考《かんが》えられないね」

母《かあ》さんが指《ゆび》さしているのは、ケージの一番下《いちばんした》にある柵《さく》と下《した》に敷《し》くプラスチックのトレーの間《あいだ》にある小《ちい》さな隙間《すきま》だ。

「まさか！　こんな隙間《すきま》から出《で》られないわよ」

平井《ひらい》さんが驚《おどろ》いた様子《ようす》でいう。

「でも、ほらここ、血《ち》がついてるっしょ」

母《かあ》さんがいうように、鉄《てつ》でできた柵《さく》の端《はし》っこに血《ち》がついている。血《ち》は床《ゆか》にも落《お》ちている。マリが血《ち》のあとを辿《たど》っていくと、サンルームの隅《すみ》の方《ほう》にある棚《たな》の裏《うら》まで続《つづ》いている。マリが壁《かべ》と棚《たな》の間《あいだ》の狭《せま》い隙間《すきま》を覗《のぞ》いてみると、まるちゃんがうずくまって真《ま》ん丸《まる》の目《め》でこっちを見上《みあ》げていた。

「まるちゃーん、こんなところにいたの！」

マリがいうと、母《かあ》さんと平井《ひらい》さんも見《み》にきた。

「よかったわぁ。まるちゃん、心配《しんぱい》したんだよぉ」

母《かあ》さんがほっとした声《こえ》を出《だ》す。平井《ひらい》さんと母《かあ》さんとで棚《たな》を少《すこ》しずらして、マリがまるちゃんを抱《だ》っこして隙間《すきま》から出《だ》した。よくこんな狭《せま》いところに入《はい》っていられたなとびっくりするほど、隙《すき》間《ま》は狭《せま》い。

「あらら、ここ、血《ち》が出《で》てるよ」

マリからまるちゃんを抱《だ》っこで受《う》けとった母《かあ》さんが、まるちゃんの背中《せなか》のしっぽに近《ちか》いあたりを触《さわ》りながらいう。まるちゃんはやっぱりケージのあの隙間《すきま》から無理《むり》やり出《で》て、ケガをしてしまったのだ。

「ごめんね、まるちゃん。閉《と》じ込《こ》められたのが嫌《いや》だったんだね」

平井《ひらい》さんがまるちゃんに謝《あやま》っている。だからといって、家《いえ》の中《なか》での生活《せいかつ》に慣《な》れるまではしばらくケージで過《す》ごしてもらわないといけない。外《そと》に飛《と》び出《だ》して車《くるま》にはねられてしまうかもしれないし、家《いえ》の中《なか》で他《ほか》の猫《ねこ》たちとばったり鉢合《はちあ》わせになってケンカをしてしまうかもしれない。

「まるちゃん、ちょっとだけガマンだよ。がんばれ」

マリもまるちゃんの頭《あたま》をなでながら声《こえ》をかける。

この日《ひ》は忙《いそが》しくて来《こ》られなかった高遠《たかとお》さんに、母《かあ》さんが「まるちゃん、無事見《ぶじみ》つかりました」とメールで報告《ほうこく》をしている。

平井《ひらい》さんがケージをもっと大《おお》きなものにして、閉《と》じ込《こ》められている感《かん》じがしないように工夫《くふう》してくれた。クッションの他《ほか》にも毛布《もうふ》を敷《し》いた段《だん》ボールをケージの中《なか》に入《い》れたら、まるちゃんはそこが気《き》に入《い》ったようで、いつも段《だん》ボールの中《なか》に入《はい》っている。

マリたちが平井《ひらい》さんのうちにまるちゃんを見《み》に行《い》くと、いつもまるちゃんは苦《くる》しそうに息《いき》をしている。でも、マリには何《なに》もしてあげられない。

(手術《しゅじゅつ》もダメだっていうし、どうしたらまるちゃんを楽《らく》にしてあげられるのかな)

マリはそればかり考《かんが》えている。でも、動物病院《どうぶつびょういん》の先生《せんせい》にもわからないのに、マリにはもっとわからない。

ファイトくん誕生《たんじょう》

五月《ごがつ》に入《はい》り、中学生生活《ちゅうがくせいせいかつ》にもだいぶ慣《な》れてきたある日曜日《にちようび》の朝《あさ》。母《かあ》さんがまた電話口《でんわぐち》で「ええ!?」と大《おお》きな声《こえ》を出《だ》している。

眠《ねむ》たい目《め》をこすりながら、マリが聞《き》く。

「母《かあ》さん、また何《なに》かあったの？」

「まるちゃんがね、赤《あか》ちゃんを産《う》んだんだって！」

「ええー!?」

マリもびっくりだ。眠気《ねむけ》も一気《いっき》に吹《ふ》っ飛《と》んでしまった。

「ほんとうに？　まるちゃん、赤《あか》ちゃんがいたんだ！　まるちゃんの赤《あか》ちゃんが見《み》てみたい！」

マリはすぐに服《ふく》を着替《きが》えて、母《かあ》さんがうちで預《あず》かっている猫《ねこ》たちにごはんを運《はこ》んだり掃除《そうじ》をするのを手伝《てつだ》った。そんなことをしているうちに一時間近《いちじかんちか》くがたってしまってから、ようやく母《かあ》さんとマリは大慌《おおあわ》てで車《くるま》に乗《の》り込《こ》んだ。

「あんまり焦《あせ》って運転《うんてん》するんじゃないよ！」

後《うし》ろから父《とう》さんが見送《みおく》るのもそっちのけで、母《かあ》さんは車《くるま》のエンジンをかけて、窓《まど》から手《て》だけ出《だ》してひらひらと父《とう》さんに向《む》けて振《ふ》って「大丈夫《だいじょうぶ》！」と合図《あいず》している。

平井《ひらい》さんのうちに着《つ》くと、もう高遠《たかとお》さんも来《き》ていた。

「今朝《けさ》まるちゃんにごはんをあげようとしたら、おなかのあたりで白《しろ》っぽいものが動《うご》いているのが見《み》えたのよ」

平井《ひらい》さんが母《かあ》さんや高遠《たかとお》さんに説明《せつめい》する。

「まるちゃん、いつも段《だん》ボールに入《はい》ってうずくまってるから、今《いま》まで気《き》づかなくって」

「いやぁ、まさか赤《あか》ちゃんがいたとはねぇ」

高遠《たかとお》さんもびっくりした様子《ようす》だ。

「動物病院《どうぶつびょういん》の先生《せんせい》も、赤《あか》ちゃんがいるなんていってなかったっしょ」

母《かあ》さんが不思議《ふしぎ》そうな顔《かお》をしている。あとで動物病院《どうぶつびょういん》の先生《せんせい》に聞《き》いてみたら、レントゲンはとったけど、そのころはまだ赤《あか》ちゃんは写《うつ》っていなかったそうだ。猫《ねこ》の赤《あか》ちゃんがおなかにいるのは二《に》か月《げつ》ほどだけど、赤《あか》ちゃんができてすぐにはまだ小《ちい》さすぎてレントゲンに写《うつ》らないこともあるらしい。

マリは、まるちゃんの赤《あか》ちゃんを見《み》ようとケージに近《ちか》づいて覗《のぞ》き込《こ》んでみる。

「あ、ほんとだ！　白《しろ》い小《ちい》さいのがいる！」

まるちゃんのおなかのあたりに、小《ちい》さくて真《ま》っ白《しろ》な丸《まる》いものがもごもごと動《うご》いている。

「こんなことってあるんだねぇ。保護《ほご》したころは、ちょうど赤《あか》ちゃんができたばかりのころだったんだね……」

母《かあ》さんがため息《いき》をつきながらいう。

「まるちゃん、おなかの赤《あか》ちゃんを守《まも》ろうと思《おも》って必死《ひっし》でケージから出《で》たんだね」

マリは、まるちゃんはすごいお母《かあ》さん猫《ねこ》だと思《おも》った。外《そと》にいたころはごはんをくれる母《かあ》さんやマリにはよくなついていたまるちゃんだけど、急《きゅう》によくわからないところに連《つ》

れてこられて不安《ふあん》になったに違《ちが》いない。それで、自分《じぶん》の体《からだ》がどんなに弱《よわ》っていても、血《ち》が出《で》るほどケガをしても、必死《ひっし》でケージから出《で》ておなかの中《なか》にいた赤《あか》ちゃんを守《まも》ろうとしたんだ。マリにはそう思《おも》えた。

もちろん、誰《だれ》もまるちゃんや赤《あか》ちゃんをいじめるつもりはない。でも、知《し》らないところに連《つ》れてこられたまるちゃんが不安《ふあん》になった気持《きも》ちはよくわかる。マリだって急《きゅう》に知《し》らないところに連《つ》れていかれたら、きっと逃《に》げようとしたり、隠《かく》れたりする。

平井《ひらい》さんが他《ほか》にも赤《あか》ちゃん猫《ねこ》がいないか見《み》ようとするけど、まるちゃんは赤《あか》ちゃんを守《まも》ろうと一生懸命《いっしょうけんめい》になっていて、「うー」と怒《おこ》ったような声《こえ》を出《だ》している。まるちゃんは母《かあ》さんとマリだけに慣《な》れていて、他《ほか》の人《ひと》にはまだまだ気《き》を許《ゆる》せない様子《ようす》だ。

「まるちゃん、ちょっとごめんよ」

そういいながら母《かあ》さんがケージのあちこちを調《しら》べると、まるちゃんの入《はい》っている段《だん》ボールの外《そと》側《がわ》とケージの間《あいだ》の隙間《すきま》に、小《ちい》さな黒《くろ》い塊《かたまり》が落《お》ちているのがわかった。死《し》んでしまった赤《あか》ちゃんだった。健康《けんこう》な体《からだ》でも赤《あか》ちゃんを産《う》むのは大変《たいへん》なことなのに、病気《びょうき》で息《いき》をするのも苦《くる》しいまるちゃんは、生《う》まれてきた赤《あか》ちゃんが包《つつ》まれている「羊膜《ようまく》」という袋《ふくろ》を破《やぶ》ってあげるだけの体力《たいりょく》が残《のこ》っていなかったようだ。それで、生《う》まれてきた赤《あか》ちゃんは袋《ふくろ》の中《なか》で息《いき》ができなくなって亡《な》くなってしまったのだ。結局《けっきょく》、元気《げんき》に生《う》まれたのは真《ま》っ白《しろ》な一匹《いっぴき》だけで、四匹《よんひき》の子猫《こねこ》は命《いのち》を落《お》としてしまっていることがわかった。

「まるちゃん、よくがんばったね。自分《じぶん》の体《からだ》も大変《たいへん》なのに、よく産《う》んだね」

母《かあ》さんが目《め》に涙《なみだ》を浮《う》かべながらいう。まるちゃんにとっては、この真《ま》っ白《しろ》な一匹《いっぴき》を産《う》むだけで精《せい》いっぱいだった。今《いま》もぜーぜーと呼吸《こきゅう》をしていて、つらそうだ。

マリは悲《かな》しくなってきた。生《う》まれてくることができなかった小《ちい》さな四匹《よんひき》のことを思《おも》うと、胸《むね》が張《は》り裂《さ》けそうだ。でも母《かあ》さんがいうように、まるちゃんはよくがんばったと思《おも》う。せめて、生《い》き残《のこ》ったこの真《ま》っ白《しろ》な子猫《こねこ》だけでも幸《しあわ》せになって欲《ほ》しいと思《おも》う。

「他《ほか》の子猫《こねこ》の分《ぶん》まで、この子猫《こねこ》にがんばってもらいたいね」

母《かあ》さんがいう。マリも、まるちゃんと子猫《こねこ》のことを応援《おうえん》したい気持《きも》ちでいっぱいだ。

「まるちゃんも子猫《こねこ》も、ファイトだね！」

「じゃあ、この子猫《こねこ》、ファイトくんって名前《なまえ》にしましょうよ」

高遠《たかとお》さんがひらめいたという顔《かお》でいう。

「ファイトくんね、いいよ。今日《きょう》から君《きみ》はファイトくんだよ」

母《かあ》さんと平井《ひらい》さんも大賛成《だいさんせい》だ。

真《ま》っ白《しろ》なファイトくんは、まるちゃんのおっぱいを一生懸命《いっしょうけんめい》飲《の》んでいる。
（がんばれ、ファイトくん！）
マリは心《こころ》からそう思《おも》った。

まるちゃん母《かあ》さん

ちょうどそのころ、定《じょう》ニャンの会《かい》で一匹《いっぴき》の子猫《こねこ》を保護《ほご》した。母《かあ》さん猫《ねこ》とはぐれたのか、ひとりで畑《はたけ》の中《なか》にぽつんといた縞々模様《しましまもよう》の子猫《こねこ》だ。

それで、子育《こそだ》て中《ちゅう》のまるちゃんのところにその子猫《こねこ》を連《つ》れてきたら、まるちゃんはその子猫《こねこ》を自分《じぶん》の子《こ》のように大切《たいせつ》にしてくれた。ファイトくんと同《おな》じように体《からだ》をなめてあげたり、おっぱいをあげたりして一生懸命育《いっしょうけんめいそだ》ててくれた。その子《こ》が箱《はこ》の外《そと》に飛《と》び出《だ》してしまうと、まるちゃんはぜーぜー息《いき》を切《き》らしながらその子《こ》を箱《はこ》に連《つ》れ戻《もど》したりしてかわいがってくれた。まるちゃんはすっかり、お母《かあ》さんの顔《かお》になっていた。

でも、その縞々模様《しましまもよう》の子猫《こねこ》は長生《ながい》きすることができなかった。もともと体《からだ》が弱《よわ》かったのかもしれない。数日《すうじつ》たったある日《ひ》、静《しず》かに息《いき》を引《ひ》きとった。

「まるちゃんが一生懸命《いっしょうけんめい》、面倒《めんどう》をみてくれたけど、ダメだったね……」

母《かあ》さんから縞々模様《しましまもよう》の子猫《こねこ》が死《し》んでしまったことを聞《き》いて、マリは悲《かな》しくなってしまった。

「母《かあ》さん、せっかく命《いのち》をもらって生《う》まれてきた猫《ねこ》たちが、どうして死《し》んじゃうの？」

「どうしてかなぁ……みんな同《おな》じ命《いのち》なのにね。母《かあ》さんたちは、ちょっとでも不幸《ふこう》な猫《ねこ》たちが減《へ》るように、ちょっとでもたくさんの猫《ねこ》が幸《しあわ》せになれるようにがんばっているつもりだけど、全然《ぜんぜん》追《お》いつかないね……」

母《かあ》さんも落《お》ち込《こ》んでいるのがわかる。どうしたらいいのかマリにもわからない。でも、これまで里親《さとおや》さんが見《み》つかった猫《ねこ》たちもたくさんいる。みんなあたたかいおうちでたくさんごはんをもらって、いっぱい遊《あそ》んでもらって、幸《しあわ》せになっている。

「母《かあ》さんたちのしていることは、いいことだとマリは思《おも》うよ」

母《かあ》さんを励《はげ》ましたいけど、それくらいしか言葉《ことば》が思《おも》いつかない。

「ありがとう、マリ」

母《かあ》さんはそういって、マリを抱《だ》きしめた。マリの目《め》から涙《なみだ》が出《で》てきて、母《かあ》さんのシャツが少《すこ》し濡《ぬ》れてしまった。

二度目《にどめ》の脱走《だっそう》

まるちゃんがファイトくんを産《う》んでから一《いっ》か月半《げつはん》くらいたった。ファイトくんは成長《せいちょう》するにつれ、背中《せなか》がうっすらと茶色《ちゃいろ》っぽくなってきて、尻尾《しっぽ》も濃《こ》い茶色《ちゃいろ》になってきた。顔《かお》にも少《すこ》し模様《もよう》が出《で》てきて、だんだんまるちゃんに似《に》たシャム猫《ねこ》っぽい模様《もよう》になってきた。

まるちゃんの体調《たいちょう》を心配《しんぱい》した定《じょう》ニャンの会《かい》では、少《すこ》し早《はや》いけれどファイトくんの里親《さとおや》さんを探《さが》すことにした。募集《ぼしゅう》を始《はじ》めて間《ま》もなく、かわいいシャム系《けい》の子猫《こねこ》のファイトくんに里親《さとおや》さんが見《み》つかった。ファイトくんが新《あたら》しい家族《かぞく》の家《いえ》に移《うつ》ると、まるちゃんの子育《こそだ》てが終《お》わった。

猫《ねこ》の母《かあ》さんは、赤《あか》ちゃんを育《そだ》てている間《あいだ》は子育《こそだ》てに一生懸命《いっしょうけんめい》。でも、子育《こそだ》てが終《お》わるとすぐに次《つぎ》の赤《あか》ちゃんを作《つく》る準備《じゅんび》ができるようになる。不妊《ふにん》の手術《しゅじゅつ》ができないと病院《びょういん》でいわれてしまったまるちゃんも、子育《こそだ》てが終《お》わるとすぐ、また赤《あか》ちゃんを作《つく》る準備《じゅんび》ができたようだ。外《そと》で男《おとこ》の子《こ》の野良猫《のらねこ》がデートに誘《さそ》うような声《こえ》で鳴《な》いていると、部屋《へや》の中《なか》にいるまるちゃんが反応《はんのう》するようになった。

高遠《たかとお》さんたちがまるちゃんを心配《しんぱい》して、動物病院《どうぶつびょういん》の先生《せんせい》と相談《そうだん》して赤《あか》ちゃんを作《つく》りたいという気《き》持《も》ちを抑《おさ》えるお薬《くすり》を入《い》れたカプセルを、まるちゃんの首《くび》の裏側《うらがわ》に埋《う》め込《こ》むという話《はなし》になった。それなら手術《しゅじゅつ》の負担《ふたん》も少《すく》なく、また出産《しゅっさん》でまるちゃんが苦《くる》しむこともない。今《いま》のまるちゃんにとっては、手術《しゅじゅつ》も赤《あか》ちゃんを産《う》むことも命《いのち》を縮《ちぢ》める危険《きけん》なことなのだ。

まるちゃんの首《くび》の裏側《うらがわ》にカプセルを埋《う》め込《こ》む手術《しゅじゅつ》の日程《にってい》も決《き》まった六月中旬《ろくがつちゅうじゅん》のある日《ひ》のこと。またまた事件《じけん》が起《お》きた。

平井《ひらい》さんがいつものようにまるちゃんの入《はい》っている段《だん》ボールをケージからそっと出《だ》して、段《だん》ボールにふたをしてから段《だん》ボールごと別《べつ》のケージに入《い》れて、いつも使《つか》っているケージを掃除《そうじ》してあげていた。平井《ひらい》さんは毎日《まいにち》まるちゃんのトイレ掃除《そうじ》やケージの床《ゆか》の拭《ふ》き掃除《そうじ》をしてあげているけど、一週間《いっしゅうかん》に一度《いちど》くらい、ケージ全体《ぜんたい》をきれいに拭《ふ》いて清潔《せいけつ》にしてあげることにしている。

その日《ひ》は北海道《ほっかいどう》でもいつもより暑《あつ》くて、平井《ひらい》さんはサンルームの窓《まど》を全部《ぜんぶ》開《あ》けて部屋《へや》の空気《くうき》も入《い》れ替《か》えていた。ひと通《とお》り掃除《そうじ》が終《お》わって、キレイになったケージにまるちゃんを戻《もど》そうと段《だん》ボールを入《い》れたケージを持《も》ち上《あ》げた平井《ひらい》さんは、ギクッとした。

(え……?)

段《だん》ボールを入《い》れたケージは、片手《かたて》でひょいっと持《も》ち上《あ》がってしまうほど軽《かる》かった。

(まさか……)

平井《ひらい》さんが慌《あわ》ててケージから段《だん》ボールを出《だ》して段《だん》ボールのふたを開《あ》けてみると、中《なか》は空《から》っぽ。

そこにいるはずのまるちゃんがいない!

もうすぐ夏《なつ》。丁寧《ていねい》に掃除《そうじ》をして汗《あせ》だくになっていた平井《ひらい》さんは、一瞬《いっしゅん》、血《ち》の気《け》がひいた気《き》がしてぶるぶるっと震《ふる》えてしまった。

「まるちゃん、まるちゃーん!」

慌《あわ》てた平井《ひらい》さんは、すぐにサンルームのドアから外《そと》に出《で》てあたりを捜《さが》し始《はじ》めた。すると、隣《となり》の家《いえ》の庭先《にわさき》に止《と》まっている車《くるま》の方《ほう》から、なんだか視線《しせん》を感《かん》じた。もしや、と思《おも》って平井《ひらい》さんが体《からだ》をかがめて車《くるま》の下《した》を覗《のぞ》いてみたら、まるちゃんがちょこんと座《すわ》ってこっちを見《み》ている。

「まるちゃん！　よかった、そこにいたのね！」

ほっとしたのもつかの間《ま》、平井《ひらい》さんは茶色《ちゃいろ》の縞模様《しまもよう》の猫《ねこ》と、白黒《しろくろ》の猫《ねこ》がマルちゃんが隠《かく》れている車《くるま》の近《ちか》くにいることに気《き》づいた。

「まるちゃん、そこにいちゃダメだよ、早《はや》くこっちに！」

平井《ひらい》さんは焦《あせ》った。いつもまるちゃんを誘《さそ》いにくる男《おとこ》の子《こ》の猫《ねこ》たちだ。とにかく、早《はや》くまるちゃんを連《つ》れ戻《もど》さないと。いつの間《ま》にか太陽《たいよう》は傾《かたむ》いて、もう夕方《ゆうがた》に近《ちか》い時間帯《じかんたい》になっている。

まるちゃんももうおなかがすいているころだ。平井《ひらい》さんはサンルームの入《い》り口《ぐち》にまるちゃんのごはんを置《お》いて、まるちゃんをおびき寄《よ》せることにした。でも、平井《ひらい》さんがそこにいるのがわかると、まるちゃんは警戒《けいかい》してサンルームに入《はい》ってこない。平井《ひらい》さんはサンルームのカーテンの陰《かげ》に隠《かく》れて、まるちゃんが入《はい》ってくるのを待《ま》つことにした。

外《そと》にいるまるちゃんの様子《ようす》をカーテン越《ご》しに見《み》ながら、平井《ひらい》さんはマリの母《かあ》さんや高遠《たかとお》さんに連絡《れんらく》をした。高遠《たかとお》さんは仕事《しごと》でこられなかったけど、マリの母《かあ》さんはその日《ひ》は仕事《しごと》が休《やす》みで、マリも部活《ぶかつ》がない日《ひ》だったので学校《がっこう》から早《はや》く帰《かえ》ってきていた。夕方《ゆうがた》、マリと母《かあ》さんは急《いそ》いで平井《ひらい》さんのうちに行《い》った。

平井《ひらい》さんのうちに着《つ》くと、母《かあ》さんは「おじゃまします」といって勝手《かって》に玄関《げんかん》から中《なか》に入《はい》った。まるちゃんを見張《みは》っている平井《ひらい》さんはサンルームから出《で》られないから、勝手《かって》に入《はい》ってくださいとメールでいわれていた。

マリたちはそおっとサンルームに入《はい》って、平井《ひらい》さんのところに行《い》く。平井《ひらい》

さんは刑事《けいじ》ドラマみたいに、カーテンに隠《かく》れて外《そと》を見《み》ている。いつもお洒落《しゃれ》で髪《かみ》もキレイにセットしている平井《ひらい》さんが、Ｔ《ティー》シャツ一枚《いちまい》でカーテンにはりつくようにして外《そと》を見《み》ているのが、マリにはちょっとおかしかった。でも、笑《わら》っている場合《ばあい》じゃない。

「まるちゃん、どこにいるの？」

母《かあ》さんが平井《ひらい》さんに聞《き》く。

「今《いま》はほら、あそこ、うちの車《くるま》のすぐ下《した》にいるわ」

平井《ひらい》さんにいわれた方《ほう》を見《み》ると、サンルームの外《そと》からの出入《でい》り口《ぐち》に近《ちか》いところに止《と》まっている車《くるま》の下《した》に、まるちゃんがいつもみたいに丸《まる》くうずくまっているのが見《み》える。はじめは隣《となり》の家《いえ》の車《くるま》の下《した》にいたまるちゃんが、今《いま》は移動《いどう》して平井《ひらい》さんの家《いえ》の車《くるま》の下《した》にいるのだという。まるちゃんも部屋《へや》に戻《もど》りたがっているに違《ちが》いない。

家《いえ》の中《なか》にいた猫《ねこ》が外《そと》に出《で》てしまうと、慣《な》れた人《ひと》が呼《よ》んでも、追《お》いかけっこ遊《あそ》びみたいな気分《きぶん》になってすぐには捕《つか》まえられなくなる。マリや母《かあ》さんならまるちゃんは慣《な》れているけど、外《そと》に出《で》て捕《つか》まえようとすると、もっと遠《とお》くに逃《に》げてしまう可能性《かのうせい》がある。

「マリね、いいこと考《かんが》えたんだけど」

サンルームの中《なか》を見渡《みわた》していたマリが、思《おも》いついたことを平井《ひらい》さんと母《かあ》さんに伝《つた》えた。ふたりとももうなんでもいいからまるちゃんを早《はや》く家《いえ》に入《い》れたいと思《おも》っていて、すぐにマリの作戦《さくせん》を実行《じっこう》することにした。

マリが目《め》をつけたのは、夏用《なつよう》のよしず。窓《まど》の外側《そとがわ》に立《た》てかけて、日陰《ひかげ》を作《つく》るすだれみたいなものだ。マリはサンルームの片隅《かたすみ》に丸《まる》めて置《お》いてあったよしずを持《も》ってきて広《ひろ》げ、外《そと》からの出入《でい》り口《ぐち》にくねくねと曲《ま》げるようにしておいた。これなら出入《でい》り口《ぐち》から入《はい》っても、ちょっとした迷路《めいろ》みたいになっているからすぐに逃《に》げ出《だ》すことができないはず。

平井《ひらい》さんがサンルームのドアの方《ほう》に移動《いどう》して、まるちゃんが出入《でい》り口《ぐち》からよしずの迷路《めいろ》に入《はい》ったらすぐにドアを閉《し》める準備《じゅんび》をする。母《かあ》さんは窓《まど》からまるちゃんに向《む》かって声《こえ》をかける。よくなついている母《かあ》さんにならら、まるちゃんも気《き》を許《ゆる》すに違《ちが》いない。

「まるちゃ〜ん、おなかすいたっしょ。早《はや》く戻《もど》っておいで」

母《かあ》さんが手《て》まねきをしながらいうと、まるちゃんがぴくっと動《うご》いて顔《かお》をこちらに向《む》ける。さっきまで固《かた》まったみたいに車《くるま》の下《した》で丸《まる》くなっていたまるちゃんが、腰《こし》を低《ひく》く落《お》としたようなかっこうで、そろりそろりとサンルームの出入《でい》り口《ぐち》に近《ちか》づいてくる。そして、すすすっとマリが作《つく》ったよしずの迷路《めいろ》の中《なか》に入《はい》ってきた。

（いまだ！）

マリが思《おも》った瞬間《しゅんかん》、いつも優雅《ゆうが》な平井《ひらい》さんが別人《べつじん》みたいな素早《すばや》さでサンルームのドアを閉《し》めた。窓辺《まどべ》にいた母《かあ》さんも急《いそ》いで窓《まど》を閉《し》める。まるちゃんはというと、よしずの迷路《めいろ》でもたもたとしている。あれれ？　どうなっているの、これ？　という風《ふう》に。

平井《ひらい》さんがその場《ば》にへたり込《こ》んでいる間《あいだ》に、母《かあ》さんがまるちゃんを抱《だ》き上《あ》げてケージに入《い》れる。

「まるちゃん、おてんばしちゃったねぇ」

母《かあ》さんが笑《わら》いながらいう。平井《ひらい》さんは半泣《はんな》きだ。

「ごめんなさいね、私《わたし》がもっとちゃんとしていれば……」

「そんな、平井《ひらい》さんはちゃんとしてくれていましたよ。まるちゃんが外《そと》の男《おとこ》の子《こ》たちに呼《よ》ばれて、出《で》ちゃったんですよ」

母《かあ》さんが平井《ひらい》さんを慰《なぐさ》めている。

それにしても、まるちゃんはどうやって段《だん》ボールとケージをかいくぐって出《で》たんだろう。平井《ひらい》さんに見《み》せてもらったけど、段《だん》ボールは破《やぶ》れているわけでもないし、ケージもちゃんと閉《し》まっている。どうやって出《で》たのか、結局《けっきょく》、誰《だれ》にもわからないままだ。

「この前《まえ》もそうだったけど、まるちゃんは本当《ほんとう》に脱走名人《だっそうめいじん》だね」

マリが感心《かんしん》していう。

でも、事件《じけん》はこれだけでは終《お》わらなかった。

二度目《にどめ》の出産《しゅっさん》

八月《はちがつ》になって、マリたちは引《ひ》っ越《こ》しをした。前《まえ》よりも大《おお》きな戸建《こだて》の家《いえ》で、母《かあ》さんは「これでたくさん、里親募集《さとおやぼしゅう》の猫《ねこ》を預《あず》かれる」と喜《よろこ》んでいる。

まるちゃんも近々《ちかぢか》、マリたちのうちに引《ひ》きとることになっている。何度《なんど》も移動《いどう》させるのはまるちゃんの体《からだ》にも負担《ふたん》になるから、首《くび》の裏《うら》にカプセルを埋《う》め込《こ》む手術《しゅじゅつ》をしたついでにマリたちのうちに連《つ》れてくる予定《よてい》だ。

引《ひ》っ越《こ》しをしたりして忙《いそが》しくしていたマリと母《かあ》さんは、しばらくまるちゃんに会《あ》いにいくことができなかった。ようやく落《お》ち着《つ》いたころ、久《ひさ》しぶりに平井《ひらい》さんのうちにまるちゃんの様子《ようす》を見《み》に行《い》った。

平井《ひらい》さんの家《いえ》のサンルームでまるちゃんをなでていた母《かあ》さんが、ふとまるちゃんの体《からだ》の変化《へんか》に気《き》づいていった。

「ねえ、まるちゃん、ひょっとしてまた赤《あか》ちゃんがいるんじゃない？」

「え？　まさか」

平井《ひらい》さんは、そんなはずはないという顔《かお》つきだ。

「でも、なんかおなかにいるみたいだよ。もこもこしてるっしょ」

「本条《ほんじょう》さんにはなついているけど、私《わたし》にはなついてくれなくて、私《わたし》が来《く》るといつも段《だん》ボールの中《なか》に入《はい》っちゃうのよ。だから、まるちゃん、まるちゃんの体《からだ》どころか顔《かお》もあまり見《み》られないの」

平井《ひらい》さんは残念《ざんねん》そうな顔《かお》をする。一生懸命《いっしょうけんめい》お世話《せわ》をしてくれているのに、まるちゃんは平井《ひらい》さんに冷《つめ》たい。もしかしたら、ここに閉《と》じ込《こ》められているのは平井《ひらい》さんのせいだと思《おも》っているのかもしれない。

「いや、これ、絶対《ぜったい》に赤《あか》ちゃんがいるよ」

母《かあ》さんがまるちゃんを触《さわ》りながら、うん、と大《おお》きく頷《うなず》いている。

すぐに高遠《たかとお》さんや他《ほか》のメンバーにも連絡《れんらく》して、平井《ひらい》さんのうちで定《じょう》ニャンの会《かい》の会議《かいぎ》が開《ひら》かれた。カプセルを埋《う》め込《こ》む手術《しゅじゅつ》は延期《えんき》して、すぐにマリたちの新《あたら》しいうちにまるちゃんを移《うつ》して、そこでまるちゃんの出産《しゅっさん》を支《ささ》えようという話《はなし》になった。母《かあ》さんの側《そば》なら、まるちゃんも安心《あんしん》して落《お》ち着《つ》いて赤《あか》ちゃんを産《う》むことができるはずだ。

「この前《まえ》のあの脱走事件《だっそうじけん》。あのときに赤《あか》ちゃんができちゃったんですね……」

平井《ひらい》さんはすっかり落《お》ち込《こ》んでいる。

「時期的《じきてき》にそうでしょうね。それ以外《いがい》、外《そと》に出《で》ていないわけだし」

「まるちゃんが外《そと》に出《で》ていたのって、五時間《ごじかん》くらいでしょ？」

「はい、それくらいだと思《おも》います……まさかあの五時間《ごじかん》で……」

平井《ひらい》さんは涙声《なみだごえ》になっている。

「私《わたし》が悪《わる》いんです。私《わたし》が……」

「平井《ひらい》さんは悪《わる》くないですよ。段《だん》ボールにふたをして、ケージにまで入《い》れてくれていたんですから。まさかあの状況《じょうきょう》で出《で》ちゃうなんて、誰《だれ》も思《おも》いませんよ」

母《かあ》さんが平井《ひらい》さんを慰《なぐさ》める。

「とにかく、こうなったらまるちゃんを全力《ぜんりょく》で支《ささ》えましょう！」

高遠《たかとお》さんがリーダーらしく話《はなし》をまとめて、その日《ひ》の会議《かいぎ》はお開《ひら》きになった。

前回《ぜんかい》、赤《あか》ちゃんを産《う》んだときにはすっかり体力《たいりょく》を使《つか》い果《は》たして、白《しろ》い子猫《こねこ》一匹《いっぴき》を育《そだ》てるのがやっとだったまるちゃん。今度《こんど》はひとりで育《そだ》てるなんて、とてもできないと思《おも》う。もしまるちゃんが外《そと》で暮《く》らしていたままだったら、きっと赤《あか》ちゃんを産《う》んでも、力尽《ちからつ》きて死《し》んでしまっていただろうし、赤《あか》ちゃんだっておっぱいをもらえなくてすぐに死《し》んでしまったはずだ。

また赤《あか》ちゃんを産《う》むことが、まるちゃんの命《いのち》を縮《ちぢ》めることになるのかもしれない。でも、すっかりおなかの中《なか》で大《おお》きくなっている赤《あか》ちゃんも立派《りっぱ》な命《いのち》だ。まるちゃんのこともおなかの赤《あか》ちゃんのことも助《たす》けてあげたいと、母《かあ》さんたちは思《おも》っている。

それから数日後《すうじつご》。マリたちはまるちゃんをうちに迎《むか》えた。マリたちの新《あたら》しいうちにもガラス張《ば》りのサンルームがある。少《すこ》しでも気持《きも》ちのいいところをと、まるちゃんのケージをサンルームの陽《ひ》あたりのいい窓辺《まどべ》において赤《あか》ちゃんが生《う》まれる日《ひ》を待《ま》った。

八月中旬《はちがつちゅうじゅん》のある日《ひ》の朝《あさ》、母《かあ》さんはまるちゃんの呼吸《こきゅう》がいつもより荒《あら》いことに気《き》づいた。

「今日《きょう》、生《う》まれるかも」

そういって母《かあ》さんは大《おお》きなプラスチックの入《い》れ物《もの》にお湯《ゆ》を入《い》れて、タオルもたくさん用意《ようい》して赤《あか》ちゃんが生《う》まれるのを待《ま》っていた。

母《かあ》さんがいった通《とお》り、その日《ひ》の朝《あさ》、マリが夏休《なつやす》み中《ちゅう》の部活《ぶかつ》に行《い》く直前《ちょくぜん》に一匹目《いっぴきめ》の子猫《こねこ》が生《う》まれた。まるちゃんは最初《さいしょ》のうちは母《かあ》さんが触《さわ》るのを怒《おこ》っていたけど、一匹目《いっぴきめ》の子猫《こねこ》を産《う》むことを母《かあ》さんが手伝《てつだ》うと、すぐに母《かあ》さんにすべて任《まか》せることに決《き》めたようだ。まるちゃんは、自分《じぶん》ひとりの力《ちから》ではとても赤《あか》ちゃんを産《う》めないことをちゃんと知《し》っているみたいだ。

母《かあ》さんが助産師《じょさんし》さんみたいに赤《あか》ちゃんをひっぱって、羊膜《ようまく》を破《やぶ》って出《だ》して、あたたかいお湯《ゆ》で濡《ぬ》らしたタオルで丁寧《ていねい》に拭《ふ》いている。それから、ぱんぱんと子猫《こねこ》の体《からだ》をたたく。

「たたいちゃって、いいの？」

マリが心配《しんぱい》していう。

「こうやってたたいて、自分《じぶん》で呼吸《こきゅう》させるんだよ」

母《かあ》さんはそういって、また赤《あか》ちゃん猫《ねこ》をたたいた。すると、「ぴゃー！」と、赤《あか》ちゃん猫《ねこ》が大《おお》きな口《くち》を開《あ》けて鳴《な》き始《はじ》めた。

「よし！」

母《かあ》さんはそういうと、赤《あか》ちゃんをまるちゃんのおなかに持《も》っていく。ここまでは本当《ほんとう》は母《かあ》さん猫《ねこ》が自分《じぶん》ですることだけど、まるちゃんにはその体力《たいりょく》がないから、人間《にんげん》の母《かあ》さんが手伝《てつだ》ってあげているのだ。まるちゃんはぜーぜー息《いき》を切《き》らしながら、おっぱいを飲《の》む赤《あか》ちゃんを一生懸命《いっしょうけんめい》なめている。

「マリ、もう学校《がっこう》に行《い》きなさいよ」

「わ、ほんとだ、遅刻《ちこく》しちゃう！」

まるちゃんと赤《あか》ちゃん、すごい助産師《じょさんし》さんっぷりの母《かあ》さんに見《み》とれてたら、部活《ぶかつ》のために学校《がっこう》に行《い》かなくちゃいけないことをすっかり忘《わす》れてしまっていた。慌《あわ》てて家《いえ》を飛《と》び出《だ》したけど、赤《あか》ちゃんが気《き》になって仕方《しかた》がない。マリはその日一日《ひいちにち》、そわそわしていた。

部活《ぶかつ》が終《お》わってマリが急《いそ》いで帰宅《きたく》すると、朝生《あさう》まれた子猫《こねこ》の他《ほか》に、もう二匹《にひき》、子猫《こねこ》が生《う》まれていた。

「母《かあ》さんが手伝《てつだ》ったの？」

「うん。でも、まるちゃんがほとんど自分《じぶん》でがんばったんだけどね」

「まるちゃん、すごいね」

「うん、がんばって母《かあ》さんしてるよ。でも、たぶんまだおなかにいると思《おも》う」

母《かあ》さんが、生《う》まれた子猫《こねこ》たちにおっぱいをあげているまるちゃんのおなかをなでながらいう。

まるちゃんはもう、助産師《じょさんし》の母《かあ》さんにすっかり頼《たよ》っている様子《ようす》だ。

翌日《よくじつ》、マリが部活《ぶかつ》に行《い》っている間《あいだ》に、まるちゃんはまた三匹赤《さんびきあか》ちゃんを産《う》んだ。母《かあ》さんはまたお湯《ゆ》やタオルをたくさん用意《ようい》して、まるちゃんの手伝《てつだ》いをした。

「う〜ん、たぶんまだいるんじゃないかと思《おも》うんだ」

六匹《ろっぴき》も生《う》まれたのに、まだまるちゃんのおなかがぺったんこじゃなくて、ころっとしたものがあるように思《おも》うと母《かあ》さんはいう。

「ほら、呼吸《こきゅう》がまた荒《あら》くなってきたっしょ」

確《たし》かに、まるちゃんはいつも以上《いじょう》に苦《くる》しそうにぜーぜーいっている。そのぜーぜーいう感覚《かんかく》も、いつもより短《みじか》い気《き》がする。

母《かあ》さんがいった通《とお》り、翌日《よくじつ》、最後《さいご》の一匹《いっぴき》が生《う》まれた。最後《さいご》の子猫《こねこ》は、夕方《ゆうがた》、部活《ぶかつ》から帰《かえ》ってきたマリも側《そば》で生《う》まれるのを見《み》ていた。

「あら、この子《こ》、後《うし》ろ足《あし》から出《で》てきたわ！」

母《かあ》さんが驚《おどろ》いた声《こえ》でいう。人間《にんげん》の赤《あか》ちゃんでもときどきある「逆子《さかご》」という生《う》まれ方《かた》だ。ふつうは頭《あたま》から出《で》てくるのに、おなかの中《なか》で向《む》きが逆《さか》さになってしまって、足《あし》から出《で》てきてしまうのだ。足《あし》からだと肩《かた》のところでひっかかって出《で》づらくなって、命《いのち》の危険《きけん》もある。でも、最後《さいご》の赤《あか》ちゃんも母《かあ》さんが助《たす》けて、無事《ぶじ》に生《う》まれてくることができた。

横隔膜《おうかくまく》ヘルニアでふつうよりも息《いき》をするのがつらい病気《びょうき》のまるちゃんが、三日間《みっかかん》もかけて七匹《ななひき》の子猫《こねこ》を産《う》んだのだ。まるちゃんはもう子猫《こねこ》たちをなめる力《ちから》も残《のこ》っていないくらい、ぐったりしていた。

新《あたら》しい命《いのち》が生《う》まれてくるのをはじめて見《み》たマリは、まるちゃんのがんばりに涙《なみだ》が出《で》てしまう。母《かあ》さんのサポートにも、言葉《ことば》が出《で》ないくらい感動《かんどう》している。まるちゃんと呼吸《こきゅう》を合《あ》わせて、汗《あせ》を流《なが》しながら必死《ひっし》でまるちゃんの助産師《じょさんし》をする母《かあ》さん。人《ひと》も猫《ねこ》もない。みんな同《おな》じ命《いのち》なんだって、マリは改《あらた》めて思《おも》う。

それから、まるちゃんと母《かあ》さんの二人三脚《ににんさんきゃく》？（五脚《ごきゃく》？）の子育《こそだ》てが始《はじ》まった。息《いき》をするのも苦《くる》しいまるちゃんひとりでは、とても七匹《ななひき》の子育《こそだ》てなんてできない。でも、生《う》まれてしばらくは母《かあ》さん猫《ねこ》のおっぱいをもらった方《ほう》が健康《けんこう》な体《からだ》になるから、まるちゃんのおっぱいも必要《ひつよう》だ。

まるちゃんが三匹《さんびき》の子猫《こねこ》におっぱいをあげている間《あいだ》は、母《かあ》さんが残《のこ》りの四匹《よんひき》に子猫用《こねこよう》のミルクを哺乳瓶《ほにゅうびん》であげる。次《つぎ》のごはんの時間《じかん》には、さっきはまるちゃんのおっぱいをもらった子猫《こねこ》が、今《こん》度《ど》は母《かあ》さんから哺乳瓶《ほにゅうびん》でミルクをもらう。そうやって交代《こうたい》で子育《こそだ》

てをした。

横隔膜《おうかくまく》ヘルニアで呼吸《こきゅう》の苦《くる》しいまるちゃんは、横《よこ》たわると肺《はい》のあたりが痛《いた》いみたいで、いつも腕《うで》を立《た》てて体《からだ》を少《すこ》し起《お》こした状態《じょうたい》で赤《あか》ちゃんにおっぱいをあげている。そういう体勢《たいせい》を続《つづ》けるのもつらそうだ。

まるちゃんの赤《あか》ちゃんたちは、たくさんおっぱいやミルクを飲《の》んですくすくと成長《せいちょう》していった。まるちゃんは相変《あいか》わらず苦《くる》しそうに呼吸《こきゅう》をしているけど、自分《じぶん》の子供《こども》たちがかわいくて、一生懸命《いっしょうけんめい》お世話《せわ》をしている。

マリも毎日《まいにち》、子猫《こねこ》の成長《せいちょう》を見《み》るのが楽《たの》しみだ。最初《さいしょ》は芋虫《いもむし》みたいにもごもご動《うご》いていただけの子猫《こねこ》たちも、だんだん毛《け》がふわふわになってきて、よたよたと転《ころ》げるみたいに動《うご》き回《まわ》るようになってきた。

母《かあ》さんたち定《じょう》ニャンの会《かい》では、まるちゃんの負担《ふたん》を少《すこ》しでも早《はや》く軽《かる》くしてあげようと、少《すこ》し早《はや》いけれど里親《さとおや》さんを探《さが》す準備《じゅんび》をしている。七匹《ななひき》の子猫《こねこ》たちがうちにいなくなってしまうのは寂《さび》しいけど、それがまるちゃんのためだし、この子猫《こねこ》たちのためでもある。

お別《わか》れ

まるちゃんが七匹《ななひき》の子猫《こねこ》を産《う》んでから二十日《はつか》がたった。もう九月《くがつ》になっていて、マリの学校《がっこう》も二学期《にがっき》が始《はじ》まっていた。授業《じゅぎょう》が終《お》わった後《あと》、部活《ぶかつ》に行《い》かなくちゃいけないのだけど、なんとなくこの日《ひ》は早《はや》く家《いえ》に帰《かえ》りたい気《き》がしてマリは部活《ぶかつ》をさぼった。なんだか嫌《いや》な予感《よかん》がして、走《はし》って家《いえ》に帰《かえ》った。

「ただいま！」

「マリ？　早《はや》かったね。おかえり」

母《かあ》さんがいつも通《どお》りいう。でも、その声《こえ》にはどこか力《ちから》がない。

「まるちゃんは？　赤《あか》ちゃんたちは？」

「マリ……まるちゃんがね、さっき亡《な》くなったよ」

「え……」

マリは言葉《ことば》を詰《つ》まらせた。何《なに》が起《お》こったのかよくわからなくて、でも聞《き》き返《かえ》すのも怖《こわ》い気《き》がして戸惑《とまど》っている。そんなマリの様子《ようす》を見《み》て、母《かあ》さんが静《しず》かにその日《ひ》のできごとを話《はな》し始《はじ》めた。

まるちゃんはその日《ひ》、いつもより調子《ちょうし》が悪《わる》そうで、朝《あさ》から呼吸《こきゅう》も荒《あら》かった。珍《めずら》しく下痢《げり》もした。母《かあ》さんは様子《ようす》がおかしいと思《おも》って、ずっとまるちゃんの側《そば》にいた。

まるちゃんはいつも、サンルームの窓辺《まどべ》に行《い》って網戸《あみど》のところに座《すわ》って外《そと》の空気《くうき》を吸《す》うのが日課《にっか》だ。この日《ひ》も、いつもよりもよたよたしながらトイレに行《い》ってから窓辺《まどべ》で空気《くうき》を吸《す》って、少《すこ》し呼吸《こきゅう》を整《ととの》えてから子猫《こねこ》たちの寝《ね》ているところに戻《もど》って行《い》った。

そして、子猫《こねこ》たちを一匹《いっぴき》ずつ丁寧《ていねい》にぺろぺろとなめ始《はじ》めた。七匹《ななひき》の子猫《こねこ》たち全員《ぜんいん》をなめ終《お》えたまるちゃんは、すうっとそのまま眠《ねむ》るように息絶《いきた》えたのだという。

「母《かあ》さんね、まるちゃんが横《よこ》たわったのを見《み》て、まるちゃん、お疲《つか》れ様《さま》って思《おも》ったんだよ」

母《かあ》さんの目《め》に涙《なみだ》が浮《う》かんでいる。

まるちゃんの体力《たいりょく》が限界《げんかい》に近《ちか》いことは、マリもよくわかっていた。でも、今日《きょう》、その日《ひ》が来《く》るなんて。

「まるちゃんね、きっと子猫《こねこ》たちはもう大丈夫《だいじょうぶ》、って思《おも》ったんだろうね……」

マリは母《かあ》さんと一緒《いっしょ》にサンルームに行《い》く。いつもまるちゃんが入《はい》っていたお気《き》に入《い》りの段《だん》ボールの中《なか》に、まるちゃんが横《よこ》たわっている。体《からだ》には毛布《もうふ》がかけられていて、タヌキみたいな横顔《よこがお》だけが見《み》えている。子猫《こねこ》たちはケージの中《なか》で毛布《もうふ》にくるまれて、気持《きも》ちよさそうにすやすやと寝《ね》ている。

マリは何《なん》といっていいかわからなくて、サンルームから外《そと》に出《で》た。庭《にわ》に咲《さ》いている菊《きく》やコスモス、リンドウの花《はな》をつんだ。花《はな》をつむ手《て》に、大粒《おおつぶ》の涙《なみだ》が落《お》ちた。母《かあ》さんも出《で》てきて、無言《むごん》のままマリと一緒《いっしょ》に花《はな》をつんでいる。

サンルームに戻《もど》って、庭《にわ》でつんだ季節《きせつ》の花《はな》でまるちゃんの体《からだ》の周《まわ》りを飾《かざ》った。

しばらくすると、母《かあ》さんが連絡《れんらく》したらしく、高遠《たかとお》さんと平井《ひらい》さんがやってきた。

「まるちゃん……」

「まるちゃん、がんばったね、よくがんばったね……」

冷《つめ》たくなったまるちゃんの箱《はこ》の周《まわ》りで、みんなで泣《な》いた。

まるちゃんは一生懸命《いっしょうけんめい》生《い》きて、一生懸命《いっしょうけんめい》母《かあ》さんとして子育《こそだ》てをした立派《りっぱ》な猫《ねこ》だ。捨《す》てられた猫《ねこ》の子供《こども》として生《う》まれて、病気《びょうき》になった。もしかしたらそれは、交通事故《こうつうじこ》のせいかもしれない。まるちゃんの一生《いっしょう》は、つらいことの連続《れんぞく》だったかもしれない。でも、最後《さいご》は母《かあ》さん猫《ねこ》として立派《りっぱ》に生《い》き抜《ぬ》いた。マリはそんなまるちゃんを誇《ほこ》らしく思《おも》う。

「いろんなことを教《おし》えてくれたまるちゃん。ありがとう……」

その後《ご》、まるちゃんの赤《あか》ちゃん猫七匹《ねこななひき》にはそれぞれ里親《さとおや》さんが決《き》まって、今《いま》はみんな幸《しあわ》せに暮《く》らしている。そのうちの一匹《いっぴき》、まるちゃん譲《ゆず》りなのかちょっと体《からだ》の弱《よわ》い子《こ》は、グッピーと名《な》づけられて、今《いま》は高遠《たかとお》さんの家《いえ》の子《こ》になっている。定《じょう》ニャンの会《かい》で責任《せきにん》を持《も》って、まるちゃんの子供《こども》たちの一生《いっしょう》を見守《みまも》っていくつもりだ。

【『雪間《ゆきま》に咲《さ》いた小《ちい》さな花《はな》』―まるのこと―・おわり】

まるのアルバム

まだ両方《りょうほう》の耳《みみ》が立《た》って
いたころのまるちゃん。

保護《ほご》されたときの
まるちゃん。

ファイトくんを大事《だいじ》に育《そだ》てたまるちゃん。

まるちゃんの最初《さいしょ》の出産《しゅっさん》で
生《い》き残《のこ》ったファイトくん。

撮影／平川悠子

サンルームの
陽《ひ》だまりで
ひなたぼっこする
まるちゃん。

サンルームの中《なか》で
過《す》ごすまるちゃん。

定《じょう》ニャンの会《かい》で保《ほ》護《ご》した
他《ほか》の子猫《こねこ》も一生懸《いっしょうけん》命《めい》
お世話《せわ》してくれました。

まるちゃんの二度目《にどめ》の
出産《しゅっさん》で生《う》まれた7匹《ひき》の
赤《あか》ちゃんたち。

Shogakukan Junior Bunko

★小学館ジュニア文庫★

きみの声を聞かせて

猫たちのものがたり —まぐ・ミクロ・まる—

2015年5月2日　初版第1刷発行

著者／天野つくね

イラスト／しらとりのぞみ

発行者／丸澤 滋

印刷・製本／加藤製版印刷株式会社

カバー撮影／木村圭司（モデル／まぐ）

デザイン／水木麻子

編集／中村美喜子

発行所／株式会社　小学館

〒101-8001　東京都千代田区一ツ橋2－3－1

電話　編集　03-3230-5105

販売　03-5281-3555

●先生へ、この本の感想やはげましのおたよりを送ってね●

〈あて先〉　〒101-8001　東京都千代田区一ツ橋2－3－1

小学館ジュニア文庫編集部

天野つくね先生

Printed in Japan　　ISBN 978-4-09-230818-3

★「小学館ジュニア文庫」を読んでいるみなさんへ★

この本《ほん》の背《せ》にあるクローバーのマークに気《き》がつきましたか？

オレンジ、緑《みどり》、青《あお》、赤《あか》に彩《いろど》られた四《よ》つ葉《ば》のクローバー。これは、小学館《しょうがくかん》ジュニア文庫《ぶんこ》のマークです。そして、それぞれの葉《は》の色《いろ》には、私《わたし》たちがジュニア文庫《ぶんこ》を刊行《かんこう》していく上《うえ》で、みなさんに伝《つた》えていきたいこと、私《わたし》たちの大切《たいせつ》な思《おも》いがこめられています。

オレンジは愛《あい》。家族《かぞく》、友達《ともだち》、恋人《こいびと》。みなさんの大切《たいせつ》な人《ひと》たちを思《おも》う気持《きも》ち。まるでオレンジ色《いろ》の太陽《たいよう》の日差《ひざ》しのように心《こころ》を暖《あたた》かにする、人《ひと》を愛《あい》する気持《きも》ち。

緑《みどり》はやさしさ。困《こま》っている人《ひと》や立場《たちば》の弱《よわ》い人《ひと》、小《ちい》さな動物《どうぶつ》の命《いのち》に手《て》をさしのべるやさしさ。緑《みどり》の森《もり》は、多《おお》くの木々《きぎ》や花々《はなばな》、そこに生《い》きる動物《どうぶつ》をやさしく包《つつ》み込《こ》みます。

青《あお》は想像力《そうぞうりょく》。芸術《げいじゅつ》や新《あたら》しいものを生《う》み出《だ》していく力《ちから》。立場《たちば》や考《かんが》え方《かた》、国籍《こくせき》、自分《じぶん》とは違《ちが》う人《ひと》たちの気持《きも》ちを思《おも》い、協力《きょうりょく》しあうことも想像《そうぞう》の力《ちから》です。人間《にんげん》の想像力《そうぞうりょく》は無限《むげん》の広《ひろ》がりを持《も》っています。まるで、どこまでも続《つづ》く、澄《す》みきった青《あお》い空《そら》のようです。

赤《あか》は勇気《ゆうき》。強《つよ》いものに立《た》ち向《む》かい、間違《まちが》ったことをただす気持《きも》ち。くじけそうな自分《じぶん》の弱《よわ》い気持《きも》ちに立《た》ち向《む》かうことも大《おお》きな勇気《ゆうき》です。まさにそれは、赤《あか》い炎《ほのお》のように熱《あつ》く燃《も》え上《あ》がる心《こころ》。

四《よ》つ葉《ば》のクローバーは幸《しあわ》せの象徴《しょうちょう》です。愛《あい》、やさしさ、想像力《そうぞうりょく》、勇気《ゆうき》は、みなさんが未来《みらい》を切《き》りひらき、幸《しあわ》せで豊《ゆた》かな人生《じんせい》を送《おく》るためにすべて必要《ひつよう》なものです。

体《からだ》を成長《せいちょう》させていくために、栄養《えいよう》のある食《た》べ物《もの》が必要《ひつよう》なように、心《こころ》を育《そだ》てていくためには読書《どくしょ》がかかせません。みなさんの心《こころ》を豊《ゆた》かにしていく本《ほん》を一冊《さつ》でも多《おお》く出《だ》したい。それが私《わたし》たちジュニア文庫編集部《ぶんこへんしゅうぶ》の願《ねが》いです。

みなさんのこれからの人生《じんせい》には、困《こま》ったこと、悲《かな》しいこと、自分《じぶん》の思《おも》うようにいかないことも待《ま》ち受《う》けているかもしれません。どうか「本《ほん》」を大切《たいせつ》な友達《ともだち》にしてください。どんな時《とき》でも「本《ほん》」はあなたの味方《みかた》です。そして困難《こんなん》に打《う》ち勝《か》つヒントをたくさん与《あた》えてくれるでしょう。みなさんが「本《ほん》」を通《つう》じ素敵《すてき》な大人《おとな》になり、幸《しあわ》せで実《みの》り多《おお》い人生《じんせい》を歩《あゆ》むことを心《こころ》より願《ねが》っています。

小学館ジュニア文庫編集部

第2回小学館ジュニア文庫小説賞✿募集中！

小学館ジュニア文庫での出版を前提とした小説賞です。
募集するのは、恋愛、ファンタジー、ミステリー、ホラーなど。
小学生の子どもたちがドキドキしたり、ワクワクしたり、
ハラハラできるようなエンタテインメント作品です。

未発表、未投稿のオリジナル作品に限ります。未完の作品は選考対象外となります。

〈選考委員〉

ちゃお 編集部　コロコロコミック 編集部

〈応募期間〉

2015年6月15日（月）～ 2015年8月17日（月）
※当日消印有効

〈 賞　金 〉

［大賞］……正賞の盾ならびに副賞の50万円
［金賞］……正賞の賞状ならびに副賞の20万円

〈 応 募 先 〉

〒101－8001 東京都千代田区一ツ橋2－3－1
小学館　「ジュニア文庫小説賞」事務局

〈要項〉

★原稿枚数★　1ページ40字×28行の縦書きプリントアウトで、50ページ以上85ページ以内。A4サイズの用紙に横むきで印刷してください（感熱紙不可）。

★応募原稿★　●出力した原稿の1ページめに、タイトルとペンネーム（ペンネームを使用しない場合は本名）を明記してください。●2ページめに、本名、ペンネーム、年齢、性別、職業（学年）、郵便番号、住所、電話番号、小説賞への応募履歴、小学館ジュニア文庫に応募した理由をお書きください。●3ページめに、800字程度のあらすじ（結末まで書かれた内容がわかるもの）をお書きください。●4ページめ以降が原稿となります。

〈応募上の注意〉

●独立した作品であれば、一人で何作応募してもかまいません。●同一作品による、ほかの文学賞への二重投稿は認められません。●出版権、映像化権、および二次使用権など入選作に発生する著作権（著作権法第27条及び第28条の権利を含む）は小学館に帰属します。●応募原稿は返却できません。●選考に関するお問い合わせには応じられません。●ご提供頂いた個人情報は、本募集での目的以外には使用いたしません。受賞者のみ、ペンネーム、都道府県、年齢を公表します。●第三者の権利を侵害した作品（著作権侵害、名誉毀損、プライバシー侵害など）は無効となり、権利侵害により損害が生じた場合には応募者の責任にて解決するものとします。●応募規定に違反している原稿は、選考対象外となります。

★発表★　ホームページにて

Shogakukan Junior Bunko